Joseph Incardona

Joseph Incardona est né en 1969, de père sicilien et de mère suisse. Écrivain, scénariste et réalisateur, il est l'auteur d'une quinzaine de livres. Personnalité atypique et auteur prolifique, ses références sont issues à la fois de cette culture de l'immigration ainsi que du roman noir et de la littérature nord-américaine du xxe siècle. Malgré la gravité des thèmes qu'il a pour habitude de traiter avec un style très noir et rythmé, on trouve aussi dans ses œuvres un ton décalé souvent associé à une forme de pudeur. Il remporte en 2011 le Grand prix du roman noir français avec *Lonely Betty* et en 2015 le Grand prix de littérature policière pour *Derrière les panneaux il y a des hommes*, tous deux parus aux Éditions Finitude. On lui doit plus récemment *Permis C* (BSN Press, 2016) – repris chez Pocket sous le titre *Une saison en enfance* –, *Chaleur* (Finitude, 2017 ; Pocket, 2018, Prix du Polar Romand) et *Les Poings* (BSN Press, 2018).

Retrouvez toute l'actualité de l'auteur sur :
www.josephincardona.com

CHALEUR

DU MÊME AUTEUR
CHEZ POCKET

DERRIÈRE LES PANNEAUX IL Y A DES HOMMES
UNE SAISON EN ENFANCE
CHALEUR

JOSEPH INCARDONA

CHALEUR

ROMAN

FINITUDE

FSC
www.fsc.org
MIXTE
Papier issu de sources responsables
FSC® C003309

Pocket, une marque d'Univers Poche, est un éditeur qui s'engage pour la préservation de son environnement et qui utilise du papier fabriqué à partir de bois provenant de forêts gérées de manière responsable.

ISBN 978-2-266-27975-8

Dépôt légal : août 2018

Les rêves sont la cage du néant

Suomi

Heinola.

Ça sonne comme le nom d'une actrice de porno alternatif scandinave.

Tanya Hansen. Saana Blond. Katja Keane.

On n'est pas loin : Heinola est une ville de Finlande.

Le porno alternatif implique : choix des partenaires, recherche du plaisir, refus de l'humiliation. Les acteurs eux-mêmes décident du planning de tournage. Le « PA » évoque ainsi une sexualité exhibitionniste consensuelle et authentique. L'équivalent d'un label « bio ».

Doux, équitable et intello.

Le porno progressiste.

Ça colle avec une certaine image de la Finlande : l'authentique, les acquis sociaux, l'égalité des sexes, la tolérance. Forcément, il y a tout cet espace spongieux « terre/eau » pour si peu d'habitants. Ça permet le mieux-vivre, un petit cabanon pour se ressourcer au moindre signe de défaillance nerveuse.

Heinola.

Située à 138 kilomètres au nord d'Helsinki, la capitale. Un peu plus de vingt mille habitants. La ville a subi la crise économique de 2008 : fermeture de la scierie et de l'usine de contreplaqué, principaux employeurs de la commune. Du coup, on s'y emmerde un peu. La nature a vite fait d'ennuyer l'homme. On observe comme une incapacité à la contemplation ou, tout du moins, une difficulté à vivre isolé dans les bois avec femme et enfants. Au pire, seul avec soi-même. Conséquence : ça picole dur. Mais surtout : l'homme recherche l'homme. L'homme est le territoire – davantage que sa faune, sa flore ou sa géographie.

Par conséquent, une certaine naïveté couplée à un ennui latent motivent une série d'activités se déroulant dans le pays durant la période estivale.

À savoir :

Championnat du monde de porter d'épouse.

Championnat du monde de football en marécage.

Championnat du monde d'Air Guitar (jeu de guitare sans guitare).

Championnat du monde de lancer de botte (hommes, pointure 43 – femmes, pointure 38).

Championnat du monde d'écrasement de moustiques (arrêté en 1999 sous la pression des animalistes).

Championnat du monde de mangeurs de piment (type *Naga Morich*).

Championnat du monde de cueillette de baies.

Championnat du monde de la pêche sur glace (les lacs n'étant pas gelés en été, la compétition se déroule sur des plaques de polystyrène percées).

Championnat du monde de marche avec une barre à mine.

Championnat du monde de lancer de téléphone portable.

Ainsi, comme le précise l'office du tourisme :

Les Finlandais aiment faire la fête en groupe pour oublier l'isolement de l'hiver et fêter l'arrivée des beaux jours.

Recherche de la friction.

Vodka « Finlandia ».

De la chaleur.

Heinola organise chaque année au mois d'août les Championnats du monde de sauna.

Qualifications

Concurrents inscrits : 102

1

Igor Azarov est un petit homme. 1 mètre 59 pour 58 kilos.

Après avoir traversé le hall de l'hôtel, il se présente à la réception en se haussant légèrement sur la pointe des pieds pour faire face à la walkyrie blonde derrière le comptoir.

Igor a 60 ans, les cheveux abondants et gris, porte une moustache. Il est vêtu d'un blouson de toile bleu clair, d'une chemise bordeaux et d'un pantalon de coton beige. Le tout est froissé à cause du voyage en voiture. Il porte des mocassins à glands marron. On hésite entre le représentant de commerce et le fonctionnaire à la retraite.

Igor pose la valise en skaï à ses pieds. Un modèle ancien à sangles, couleur moutarde, serrures à clé.

La walkyrie lève la tête, sourit :

Bonsoir, monsieur, avez-vous une réservation ? L'hôtel affiche complet.

Igor penche la tête comme s'il n'avait pas compris.

English ? demande-t-elle.

Yes.

Quel nom, je vous prie ?

Azarov.

Les yeux bleus de la fille parcourent l'écran.

Désolée, je ne trouve pas.

A-za-rov. Je suis inscrit comme concurrent.

Ah, vous participez aux Championnats. Nous avons un fichier à part, attendez… Voilà, Azarov Igor, tout est en ordre. Vous êtes venu en voiture ?

Oui.

Vous l'avez garée dans le parking de l'hôtel ?

Oui.

Dans ce cas, je vais vous donner un macaron pour la durée du séjour. S'il vous plaît, placez-le bien en vue derrière le pare-brise.

La fille lui remet également deux cartes magnétiques dans une pochette en papier où est inscrit le numéro 412, ainsi que le code pour le Wi-Fi bien qu'Igor ne possède ni smartphone ni ordinateur portable. S'il a besoin d'une information, il consultera l'ordinateur mis à la disposition des clients de l'hôtel. Mais il y a très peu de chances qu'Igor Azarov surfe sur le Web.

Cependant, il a une question à poser :

Niko Tanner est-il arrivé ?

Notre champion ? Non, pas encore, monsieur.

Quand ?

Les doigts soignés de la fille tapent sur le clavier.

Demain matin.

Igor remercie, empoigne sa valise.

Le bagagiste s'approche, lui propose de l'accompagner à sa chambre. Igor refuse et pénètre dans l'ascenseur.

Deux filles bloquent les portes au moment où celles-ci se referment. Cheveux teints, T-shirts courts, piercings sur le nombril. Tatouages ethniques, minijupes et tongs. Igor recule pour les laisser entrer, ses yeux arrivent à peine au-dessus de leur poitrine. L'une d'elles murmure quelque chose à sa copine tout en appuyant un ongle peint en rose sur le bouton du 3e. Les deux se mettent à pouffer.

Des groupies, pense Igor. Les groupies de Niko.

La cabine démarre.

Igor tourne le dos au miroir, regarde ses pieds.

Règle numéro 1 : l'autonomie.

Ne pas écouter, ne pas solliciter, ne pas regarder, ne pas s'appuyer sur. Ni le Web, ni le bagagiste, ni les petites putes en minijupes.

Ne compter que sur soi-même.

À 110 degrés Celsius, il n'y a que votre peau pour vous contenir, votre peau est tout ce que vous possédez.

Un signal à deux tons indique l'arrivée à l'étage. Les portes s'ouvrent. Les filles sortent en l'ignorant, laissent dans leur sillage une odeur de patchouli mêlé de sueur.

Les portes se referment et s'ouvrent à l'étage supérieur.

Igor suit la flèche de droite indiquant les chambres 400 à 412. La moquette composée de lignes mauves et marron absorbe le bruit de ses pas. Un rire étouffé provenant de la 402 trouble le silence.

Carte magnétique dans la fente, bip, ouverture de la porte et lumière.

Igor pose sa valise devant l'armoire. Il tire les rideaux, ouvre la porte-fenêtre et sort sur l'étroit balcon de bois. Devant lui, une forêt de pins noire et dense, craquement des branches pliant sous la brise du soir. L'odeur de résine comme un miel âcre et régénérateur. Les lambris et les banquettes des saunas sont fabriqués avec ce bois résistant à la chaleur.

Igor appuie ses mains à la balustrade. Autrefois, il aurait roulé une cigarette et souri de la blague. Igor pensait surprendre son rival en arrivant au dernier moment, mais Niko l'a déjoué encore une fois. Une façon d'afficher sa supériorité.

Niko Tanner est la star locale. Trois fois champion du monde de sauna en 2013, 2014 et 2015.

Qui était vice-champion du monde lors des trois dernières éditions ?

Personne ne s'en souvient. En tout cas pas la réceptionniste de l'hôtel ni les filles aux piercings qui l'auraient reconnu, sinon.

Igor se déshabille, enfile son jogging de la marine avec l'étoile rouge cousue sur la poitrine. La couleur bleue est délavée à force de lavages, mais le coton épais et rêche a été fabriqué pour durer. Il chausse ses baskets, un modèle récent et américain, là faut pas déconner. Igor termine de nouer ses lacets, se redresse, remplit un verre d'eau au robinet de la salle de bains. Il retire la carte magnétique de son support, la range dans une poche dont il tire la fermeture Éclair. Les lumières s'éteignent d'un coup.

Igor emprunte les escaliers de secours. Ne pas croiser ces filles, ne pas croiser d'autres concurrents dans le hall de l'hôtel.

Il pousse la porte coupe-feu et se retrouve à l'extérieur. Il rejoint sa Lada, place le macaron derrière le pare-brise, verrouille la portière.

Plus loin, le chemin séparant le parking du terrain de golf s'enfonce dans les bois et le ramènera à son point de départ après avoir parcouru une dizaine de kilomètres. Suivront un bref passage dans le hammam de l'hôtel, ainsi qu'une douche froide. Enfin, il commandera du saumon et du riz vapeur au restaurant de l'hôtel, boira de l'eau et ira se coucher.

Évacuer les douze heures de voyage depuis Pskov, le trajet par l'Estonie, l'attente du ferry, la traversée du golfe de Finlande entre Tallinn et Helsinki. Détendre les muscles, libérer les poumons, oxygéner le cerveau.

Igor Azarov est prêt. Il pèse le poids idéal en vue de la compétition, son indice de masse corporelle est de 22.9, il a planifié son effort avec un ancien médecin de l'armée. Il attend ce moment depuis douze mois, depuis qu'il a failli détrôner le roi Niko, à une dizaine de secondes près.

2

Dans son sommeil, la fille a enroulé le drap entre ses cuisses et s'est tournée sur le côté. Niko observe la cambrure des reins, le cul en forme de cœur. Un duvet blond parsème le haut de ses cuisses. Un bras se perd sous l'oreiller, révèle des poils presque diaphanes sous l'aisselle. Loviisa ronfle doucement. Aucun homme sur cette terre ne quitterait un corps pareil au lever du jour.

Niko pose un pied puis l'autre sur la descente de lit en peau d'ours synthétique, récupère son téléphone dans la poche de son jeans jeté par terre. Par précaution, il avait réglé le réveil à 06:30, il désactive l'alarme avant qu'elle ne sonne.

Niko se lève, Loviisa semble rebondir sur le matelas, ses fesses vibrent comme de la gélatine. Niko, c'est 110 kilos pour 189 centimètres de viande, de muscle et de graisse.

La lumière du jour filtre à travers les rideaux à motifs de tournesols. La chambre baigne dans une couleur jaune propice à une petite baise matinale. Niko rentre un peu son ventre, se touche le sexe qu'il a long et gros. Il enroule la peau de son prépuce, la remet en place. Réflexe habituel, sa bite est son instrument de travail, il en prend soin. Tous les hommes prennent soin de leur queue, mais pour lui ce geste a une portée plus universelle : Niko est « hardeur ». Il travaille dans le porno – traditionnel, sans chichis ni nuances éthiques affichées. Il exerce sous son propre nom, gage de transparence vis-à-vis de son public. Cette histoire de porno alternatif, c'est du vent, un truc pour créer un marché, comme pour la bouffe. À moins d'être enrôlé de force dans un *snuff movie*, aucun producteur ne vous obligera jamais à baiser un/e partenaire qui ne vous convient pas.

Niko Tanner, 49 ans, est un routard du con. Hétérosexuel, il ne va pas au-delà de scénarios vaguement sadomasochistes, d'un gangbang en milieu naturel (parcs, forêts, plages) ou d'une double pénétration sur sofa. Il considère important de connaître ses collègues et de se sentir à l'aise avec l'équipe de tournage. C'est un professionnel estimé par le milieu. Il respecte ses partenaires de jeu, utilise un préservatif dans ses relations personnelles et évite les caresses buccales avec les filles qui ne sont pas certifiées 100 % *clean* sur un plateau comme dans la vie. On pense généralement à l'HIV, mais il y a toutes sortes de saloperies qu'on peut choper rien qu'avec la langue : syphilis, hépatite B, blennorragie, herpès, condylome, verrues génitales, mycoses, papillomavirus… Michael Douglas et Bruce Dickinson se sont fait baiser par le HPA malgré leurs millions et leur célébrité. Parfois, le virus est en action, mais pas encore détecté chez la partenaire. C'est le risque majeur du métier. Niko est à jour avec les vaccins de la B et du HPA, ça limite le potentiel d'infection. En réalité, il a plus souvent éjaculé sans capote sur un plateau de tournage que dans la vie.

Au pied du lit, Niko trouve un reste de vodka. Il peut en ingurgiter des quantités ahurissantes, capables de provoquer un coma éthylique chez n'importe qui, sauf lui. Pour le reste, le foie fonctionne correctement. Question d'enzymes, d'élimination par le métabolisme, il n'a jamais creusé la question. Quoi qu'il en soit, hier soir, il s'est contenté de partager la bouteille avec Loviisa qui est maintenant HS, après avoir sniffé un double rail de coke et baisé à mort.

Dans la salle de bains, Niko se brosse les dents, saigne un peu des gencives, avant de prendre une douche dans la cabine trop étroite pour son corps massif. Il se cogne au plastique transparent, heurte le carrelage qui le fait frissonner malgré l'eau brûlante. Niko frotte du shampoing dans ses cheveux blonds peroxydés, du savon sur sa peau devenue rouge. La salle de bains se remplit de buée. Il respire l'air saturé d'humidité dégageant les pores de sa peau. Personne ne résisterait à une telle température sans crier.

Mais Niko Tanner est doué pour trois choses : la picole, la baise.

Et la chaleur.

3

Igor se fait réveiller par la réception. Il en profite pour commander un petit-déjeuner dans sa chambre : thé vert, céréales et yaourts probiotiques.

Quand le room service lui apporte son plateau, il a déjà fait ses exercices d'assouplissement. Après avoir mangé, il s'occupera de sa respiration pour libérer son diaphragme. L'aube est un voile de rosée opaque imprégnant la forêt. Igor ne sait pas si la vie est belle, il n'y a jamais vraiment goûté, discipline et abnégation.

Igor est un soldat.

Il est comme la tique. Il attend son moment. Le passage d'une occasion.

Et l'occasion finit par arriver.

4

Loviisa n'a pas bougé. Niko regarde sa fente légèrement entrouverte, hésite. Il a ses bottes aux pieds, sa chemise et son jeans sur le corps, sa veste de cow-boy à franges sur les épaules. Et puis, il faudrait trouver la boîte de préservatifs dans le sac de sport où il a rangé ses affaires. À cause d'un partenaire qui a fait le con, Loviisa doit attendre confirmation pour un dépistage négatif de l'hépatite B.

Il regarde sa montre, estime la durée du trajet pour Heinola : une heure de route. Le temps qu'il prenne sa chambre, signe quelques autographes, se mette en condition et ce sera déjà l'heure des qualifications.

La chambre est payée – non, aucun homme ne quitterait Loviisa sans la lécher, la mordre, et l'enfermer dans une cave sombre jusqu'à son retour. Niko claque la porte et rejoint son pick-up Subaru sur le parking. Loviisa se démerdera pour le rejoindre ce soir. Avec son corps de blonde, elle aura à peine le temps de lever le pouce avant d'aguicher un automobiliste qui s'arrêtera au bord de la route. Niko est content de faire le reste du trajet seul. Des femmes, il y en a parfois trop dans sa vie. Des partenaires, les plus belles qui soient. Il a appris que la beauté on peut la prendre, mais qu'elle n'a jamais sauvé personne de soi-même.

En temps normal, par la nationale 12, le trajet de Tampere à Heinola prend moins de trois heures. Mais en partant de chez lui, Niko a décidé de s'arrêter une nuit sur le chemin, histoire de faire chier ce Russe qui lui colle au cul depuis trois ans.

Niko Tanner déverrouille la portière avec sa clé automatique. Le bip lui annonce qu'il a rendez-vous avec son destin.

5

Pour les plus aguerris, les qualifications sont une formalité : tenir 30 minutes dans un sauna chauffé à 90° avec un demi-litre d'eau versé sur les pierres toutes les trente secondes. Le supplément d'humidité produit une bouffée de vapeur et entraîne des pics de chaleur dévastateurs si on n'y est pas suffisamment préparé.

Mais Igor a appris à se méfier des soi-disant « formalités ». Un manque de concentration, le cœur qui s'emballe, une crise de panique et vous foncez comme un idiot vers la sortie à la recherche de l'air qui vous manque.

Assis en tailleur dans la chambre 412, les yeux fermés, il fait le vide autour de lui. Il respire par le ventre, se détache de ce qui l'entoure et des pensées parasites. Il n'est pas question d'œil intérieur, mais d'oubli de soi. Se présenter dans moins de trois quarts d'heure face au jury, absolument indifférent aux vociférations du public. Réagir mécaniquement aux indications des organisateurs, se placer dans le groupe comme un somnambule.

Rester à l'intérieur de sa peau et en sortir seulement quand on est le dernier dans la boîte.

6

Au bout du parking de l'hôtel, Niko est assis dans son pick-up, moteur éteint. Il tâte le tableau de bord, prend une cigarette dans le paquet. Le plan gouvernemental a pour objectif de réduire à moins de 2 % le nombre de fumeurs entre 15 et 64 ans en 2040. De toute façon, s'il arrive jusque-là, il en aura 72 et sera hors statistiques.

Je leur pisse au cul, à ces enfoirés.

Niko ne devrait pas allumer sa clope ni sortir la bouteille de vodka de son sac. Non pas à cause du programme de santé, mais parce qu'il s'apprête à s'enfourner pendant 30 minutes dans un sauna à 90°. Il aura la bouche pâteuse, sa sueur puera la nicotine et la vodka. Niko Tanner a toujours fait cavalier seul.

Et Niko Tanner est nerveux.

Ça ne lui ressemble pas, il s'en veut de sentir cette exaltation mêlée de crainte au sud du plexus. L'alcool l'aide à dissoudre en partie la boule d'anxiété. Il se limite au tiers de la bouteille, ce qu'il faut pour sourire aux fans et éviter la disqualification – dans sa position, il peut se permettre quelques écarts. Le règlement est strict sur l'usage de l'alcool les jours de compétition.

Il en est à la moitié de sa Marlboro. Il aperçoit au loin, sur la pelouse de l'hôtel, la pointe du chapiteau construit pour l'occasion. Plus près, sur le parking, des fourgonnettes aux logos de Tesvisio et de Yle Teema ont déroulé leurs câbles d'alimentation. Les antennes paraboliques sont orientées vers le sud.

Qualifications jeudi, finale dimanche.

Quatre jours de fête. L'affluence du public ira crescendo jusqu'à atteindre plusieurs milliers de visiteurs. Les télés danoises, suédoises, les télés de toute la foutue Scandinavie seront présentes d'ici le week-end pour voir sa graisse fondre sous la chaleur.

Niko étouffe sa cigarette dans le cendrier de bord. Il devrait se bouger le cul, prendre possession de sa chambre et se présenter au jury. Niko a une réputation à défendre, la double casquette du « hardeur » et du triple champion du monde. Les gens viennent pour lui. Les sponsors placardent leurs publicités et il touche son pourcentage. Ça booste la vente de DVD, un business dont il est la pièce maîtresse.

Les fans eux-mêmes ignorent qu'ils attendent de le voir s'effondrer.

Le public espère la chute ou l'anecdote.

Alors, il faut lui donner à manger.

7

En maillot de bain avec les autres concurrents, le numéro 6 inscrit sur le haut des bras, Igor est dans sa bulle. Ce qui ne l'empêche pas de sentir monter la vague : d'abord le silence précédant l'onde de choc, puis le mouvement de foule en direction de l'entrée principale.

Niko se fraye un passage parmi les spectateurs, trois cents personnes qui font un boucan du diable et lèvent leurs téléphones pour le photographier. Sa chevelure blond platine se détache des groupies, il est venu directement du parking en tongs et couvert d'un peignoir en soie au motif léopard. Niko monte les cinq marches menant à l'estrade. Les juges ne savent pas s'ils doivent regarder Niko Tanner ou la grande horloge digitale posée sur le podium. Niko déplie son certificat médical, signe le registre des concurrents deux minutes avant la fin des inscriptions, et c'est l'ovation appuyée par les flashs des photographes professionnels.

Niko se rend à la table des officiels, leur serre la main, l'un d'eux inscrit sur chacun de ses biceps le numéro 102 au stylo indélébile. Il passe devant les cinquante-trois concurrentes de la catégorie féminine qui l'applaudissent, donne l'accolade à Leila Kulin, championne en titre, et rejoint les rangs des hommes qui l'accueillent chaleureusement.

Et comme il arrive souvent quand on est adulé, Niko cherche du regard le seul qui ne lui prête aucune attention, ce putain de Russe nain lui gâche son plaisir.

8

Le règlement des qualifications est le même que pour les tours suivants, à l'exception de la température du sauna réglée à 90 degrés Celsius au lieu des 110 habituels.

Par groupes de cinq, six ou sept, les concurrents masculins et féminins prennent place dans deux saunas distincts pourvus de vitres face au public installé sur les gradins.

Les qualifications se déroulent sur une demi-journée. On appelle chaque inscrit cinq minutes avant son heure de passage. La plupart attendent assis dans des bassins d'eau froide à l'extérieur. Les qualifications sont le moment le plus festif de la compétition, celui où tous les concurrents sont applaudis et posent, en sueur et déjà éprouvés physiquement à leur sortie, pour la photo souvenir en compagnie de Miss Finlande – offerte avec l'inscription *all inclusive* comprenant la chambre, les repas et l'accès à la salle de fitness de l'hôtel. Le public sillonne les gradins, on encourage ses amis, ses parents. Des stands de nourriture et de boissons, d'artisanat, de jeux et d'activités diverses bordent le chapiteau où se déroule la compétition.

Ça prend des allures de kermesse, les enfants braillent et se courent après, la fumée de la viande et des saucisses grillées se dissipe sous les rafales de vent.

Igor fait partie du groupe 2. Le Russe suit les hommes qui entrent dans le sauna sous les applaudissements, on cite leur nom et, tout de même, le présentateur rappelle à ces couillons qu'Igor Azarov est finaliste des trois dernières éditions. Igor soulève une main timide pour saluer la salle, et s'engouffre dans la chaleur qui le cueille comme de la ouate brûlante. Il toussote en s'asseyant à l'extrémité du groupe, pose ses fesses et l'arrière de ses cuisses sur le banc, dos droit sans toucher le dossier, bras sur les genoux. Il a enfilé un short de bain noir à la longueur requise, c'est-à-dire moins de 20 centimètres. Il se sent bien, en pleine possession de ses moyens, rythme cardiaque stable, muscles détendus.

Un juge donne le départ, la porte est fermée. Igor verrouille les écoutilles.

Au commencement était la chaleur.

9

Niko Tanner dédicace ses DVD avec un stylo qui paraît minuscule entre ses doigts épais. On a dressé un rideau de séparation afin d'empêcher les mineurs d'approcher du stand. Chaque signature lui rapporte cinq euros hors taxes. Un biker affilié aux Bandidos surveille l'entrée en fumant un pétard, taiseux, Ray-Ban sur les yeux.

Niko est accaparé par Iiris et Viola, deux filles à peine majeures qui le touchent, font glisser leurs doigts sur sa peau luisante, ses glandes surrénales travaillent à plein régime. Il finit par leur rouler un patin à chacune, il a chaud, ces connasses le taquinent.

Niko pense que tout ça n'est pas bon, pas bon pour lui, pas bon pour l'effort qui l'attend tout à l'heure – demain, après-demain, sa vie entière sous tension, l'énergie à déployer pour ne pas s'écrouler sous son propre poids. Il se console en se répétant qu'il leur donne ce qu'elles veulent, il remplit son contrat, c'est un pro. Fatigué d'attendre, il joue au con, c'est normal. Sa nuit de baise avec Loviisa se fait sentir, il repousse les groupies, leur donne son numéro de chambre. Il se laisse photographier en « selfie » avec elles avant de les expédier. Il attend que sa verge soit dégonflée, accueille un groupe de grands-mères égrillardes, sourit en compagnie de jeunes gars qui rêvent de prendre la relève, les couilles pleines et dures.

Non, tout ça n'est pas bon.

10

Igor ne se mêle pas aux festivités, ne songe pas à se chercher une femme ou une quelconque compagnie. Là-dehors, il y a un tas de veuves et de célibataires aux cheveux teints, avenantes et alertes. Des cinquantenaires adeptes du « Nordic Walking », décidées à niquer la vieillesse qui se pointe.

Sa qualification validée, il se rend au Spa, se douche, s'immerge quelques minutes dans le bassin d'eau glacée et retourne dans sa chambre. La chaleur épuise le cœur, bouscule l'équilibre interne.

Il règle la climatisation au minimum, s'allonge au milieu du lit. Malgré les fenêtres closes, il entend le bruit de fond de la kermesse, devine l'agitation autour des concurrents. Igor bouche ses oreilles avec des boules Quiès, ne fait plus qu'un avec ses pulsations cardiaques. C'est une berceuse perfide, chaque battement le rapproche de la fin. Soustraction ininterrompue jusqu'au zéro fatal.

Il songe à Niko, fixe son réveil qu'il a posé sur la table de chevet, pense que son rival doit attendre encore deux heures avant d'entrer dans le sauna. Peut-être ne tiendra-t-il pas le coup, peut-être que

Niko a exagéré et sera éliminé avant même d'avoir commencé. Cela lui assurerait quasiment la victoire, mais de cette victoire-là Igor ne veut pas.

Il se retourne sur le lit.

Les rideaux sont tirés.

La nuit en pleine journée.

Allongé en slip sur la couverture, Igor n'a plus rien dans sa vie, sauf l'essentiel. L'attente a meublé la plupart de son temps. Beaucoup d'attente pour une action condensée et menée en quelques heures lors des opérations les plus extrêmes.

Sous-marinier dès l'âge de 18 ans, il recherchait un monde à sa mesure. Sa petite taille en faisait un excellent candidat. Allongé sur une couchette minuscule, la tôle rivetée frôlait son visage et lui renvoyait son propre souffle. À 1 500 pieds de profondeur, les boulons de métal crissaient comme les dents d'une vieille folle.

Il faut beaucoup de qualités à un homme pour ne pas paniquer dans ce genre de situation.

Tout ça est derrière, maintenant.

Dehors, ils mangent, boivent, s'amusent.

Igor ne les entend plus.

Il dort. Paisible. Peu d'individus vont au bout d'eux-mêmes. Il lui reste cette dernière chose à accomplir et puis la lumière s'éteindra.

Trois jours.

11

On l'appelle dans le haut-parleur, Niko pense : enfin, mais il est trop tard. Trop tard pour renoncer et se réfugier dans sa chambre. Regarder le plafond, échapper à ce merdier. Son tour arrive, et il s'y plie comme les autres. La foule se fend sur son passage, on l'encourage, on le félicite en lui tapant sur les épaules. Il n'a rien mangé depuis ce matin, ses jambes tremblent. Et s'il craquait aux qualifications, déjà ? Pendant un instant, il panique, une vague hostile le fait dériver vers une zone glacée qu'il ne connaît pas. Un point dissimulé dans son corps, ça peut être n'importe où, exactement là où les organes sont le plus vulnérables.

Mais Niko se reprend.

Rejoint l'estrade, ôte son peignoir, passe sous la douche à son tour. Il efface les marques de rouge à lèvres sur son cou et son torse comme des plaies encore vives et chaudes, le doute qu'il nettoie sur sa peau bronzée aux ultraviolets.

Niko est le numéro 102, dernier sur la liste. Aucune défection chez les concurrents des quinze pays participants. Au-dessus du chapiteau, les drapeaux flottent mollement sous le vent. On s'accroche, personne ne cède au cours de l'après-midi, tout le monde veut bander. C'est bien, c'est comme ça que Niko les préfèrent, il les verra perdre les pédales et s'écrouler sur les caillebotis tandis que les secouristes se précipiteront pour les sortir de la boîte.

Il entre le premier, prend ses aises sur les planches, attend qu'on lui ordonne de se tenir correctement, sans se vautrer. Le show est le bienvenu, ça fait partie du jeu, un peu de rébellion bon marché que les membres du jury encadrent en souriant. Et pourtant, Niko ne peut pas s'empêcher de les haïr, tous – spectateurs et journalistes –, tous des guignols. Il va même plus loin, considère l'amateurisme de ses adversaires comme étant le problème majeur de notre époque. Tout le monde veut son moment de gloire, et pour sacrifier à la vanité n'hésite pas à brûler les étapes. Il se souvient d'un tournage où l'incompétence du chef opérateur l'avait obligé à maintenir une érection pendant trois heures. Il avait dû s'aider d'un anneau posé à la base de sa verge. Résultat : une nécrose et trois semaines d'arrêt de travail.

Le jury donne le départ. À l'extérieur, l'horloge digitale entame le compte à rebours. Il est bien, maintenant. L'attente le déstabilise. Une fois entré dans le tube, il n'entend plus, il se focalise sur le trou qu'il doit baiser ou la chaleur enveloppant son corps. Aucune haine, aucune vanité. Juste faire le job. Son estomac gargouille, il ferme les yeux, baisse la tête, il a faim.

Niko finit par s'assoupir, on doit le réveiller alors que les autres concurrents sont sortis. La sieste inopinée et le slip léopard assorti à son peignoir font se gondoler le public. Niko a rêvé qu'il était devenu impotent et que deux filles en string rose poussaient sa chaise, peut-être que l'une d'elles était Loviisa, il n'en est pas sûr. Le rêve en soi était agréable, pas le sentiment qui lui en reste au réveil.

Il lève la tête, voit le public s'exciter derrière les vitres qu'on nettoie de la buée entre chaque épreuve.

Des guignols, ouais.

Sauf un, déjà dans sa chambre.

Le seul qu'il respecte parmi ces amateurs.

12

Le peignoir ouvert flotte autour de ses hanches, celui qu'il endosse sur les plateaux, entre deux prises. Dans son dos, cousues en lettres d'or sur les géométries léopard, on peut lire : *Pas de cerveau, pas de migraine.* Niko traîne ses tongs dans le couloir, s'arrête, les enlève et continue de marcher pieds nus sur la moquette.

Dans sa chambre, il trouve Loviisa debout en culotte qui regarde le téléachat, du dentifrice plein la bouche. Ses tétons durs pointent vers le ciel, le nombril percé sourit à Niko comme un éclat de diamant.

Niko ne dit rien, va pisser dans la salle de bains. Il revient, s'effondre sur le lit tandis que Loviisa promène son petit cul dans la pièce pour aller cracher dans le lavabo et rincer sa brosse à dents. Sur l'écran, un type musclé et aux dents blanches montre les possibilités d'exercices qu'offre le stepper cardio tonic. Ses cheveux doivent être bourrés de gel, une tornade pourrait le tuer mais pas le décoiffer.

Loviisa range la brosse à dents dans le verre suspendu, se dévisage dans le miroir sans bouger, puis entame une série de grimaces pour assouplir sa peau.

Niko : Ferme le robinet, bordel. Tu consommes pour rien.

Loviisa obéit. Niko coupe le son de la télé. On entend les dernières gouttes rouler dans le lavabo.

Niko la regarde faire ses exercices d'expression : outrée, boudeuse, triste, fâchée, allumeuse. Il descend plus bas, contemple ce corps à peine retouché par des prothèses mammaires microtexturées de taille 7. Les cheveux blonds et bouclés tombent comme une cascade immobile au milieu de ses omoplates. Les hanches minces, les jambes longues, les pieds aussi délicats que des fourmis qui marcheraient sous la peau.

Niko soupire, puis :

Va falloir te trouver une autre chambre, poupée.

Ah, ouais ? Depuis quand ?

Depuis maintenant.

Et pourquoi, Nounours ?

Je veux rester seul. Je dois me concentrer.

C'est nouveau ?

C'est différent. Les choses changent. Je vieillis.

Loviisa affiche un dernier sourire au miroir et revient dans la pièce.

La lumière, fait Niko.

Loviisa ne l'écoute pas, saisit son téléphone portable posé sur la commode et se met à écrire un texto avec ses pouces.

Quand elle a terminé, elle dit :

Tu sais quoi ? Tu peux pas rester seul, Nounours. On va s'occuper de toi.

Elle retourne dans la salle de bains éteindre la lumière. Niko ne peut s'empêcher d'admirer sa cambrure, la ligne de la colonne vertébrale se faufiler comme un fleuve puissant entre les renflements des dorsaux latéraux.

On frappe à la porte, c'est Tanjia et ses nichons taille 8,5.

La blonde et la brune, deux pôles d'une même prise.

Les filles glissent sur les draps et rejoignent Nounours. La voie du renoncement pose des dilemmes vraiment vaches.

Comme ça, je vais droit dans le mur, pense Niko.

13

Après 23 heures, c'est le calme dans l'hôtel. Fermeture de la kermesse, les fans rentrent chez eux, rejoignent le camping ou continuent de picoler en ville.

Igor attend assis au bar, à l'écart du serveur boutonneux qui nettoie la machine à café derrière le comptoir. Devant lui : nature morte d'une bouteille d'eau minérale et d'un verre contenant deux rondelles de citron. Il ne souhaite pas de bruit, mais une présence est nécessaire. Comme jadis dans les sous-marins, quand le silence était un soulagement et une malédiction. Alors, il descendait de sa couchette et jouait aux échecs avec un camarade, le damier posé en équilibre sur un missile RPK6 Vodopad.

Un sommeil sans repos, comme ce soir. Il a eu beau ouvrir la fenêtre, calquer sa respiration sur le bruit du vent dans les sapins, remonter sa couverture et se blottir. La pensée tombe dans le vide, le mieux est encore de quitter le lit et d'attendre les yeux ouverts, descendre au bar de l'hôtel.

Dans le miroir du fond, Igor voit Niko sortir de l'ascenseur. Le reflet de sa silhouette se faufile à l'arrière-plan des bouteilles d'alcool. Il s'approche du comptoir où le barman en a terminé avec son percolateur et sort les verres propres du lave-vaisselle. Niko pointe vers lui en ligne droite, sans hésitation, et grandit jusqu'à devenir ce qu'il est.

Niko pose sa masse sur le tabouret voisin. Jeans et pull en coton, cheveux humides peignés et attachés derrière la tête. Dieu merci, il s'est débarrassé de son peignoir en imitation léopard. Il ajuste son cul à la galette en skaï, ses orteils nus accrochent le repose-pieds et se calent pour durer. Comme si le géant finlandais et le Russe miniature étaient les derniers spécimens sur le radeau. Le point d'intersection entre les deux hommes est la coupelle remplie de tranches de citron équidistante de leurs coudes posés sur le comptoir.

Niko commande une double vodka, sort son paquet de cigarettes, le pose devant lui avec son briquet en plastique. Le bon vieux réflexe d'avant 2007, avant que toutes sortes d'interdictions ne deviennent la norme.

Salut, Popeye, dit Niko, tu t'es mis à l'eau minérale ?

J'ai changé.

Tout le monde change, ouais.

Niko prend la bouteille et la fait rouler dans sa main :

Du Perrier, constate-t-il.

C'est ce qu'on m'a servi, répond Igor.

Putain, comme si on n'avait pas de flotte par ici.

Hé, fait Niko à l'adresse du barman. T'as entendu ce que j'ai dit à mon ami ?

Non, monsieur.

Alors je répète : pourquoi tu lui sers pas de l'eau minérale de Finlande ? Hartwall, Hile, Olvi… On n'a pas assez d'eau dans ce foutu pays ? T'as une réponse à ça ?

Le visage du barman prend feu, certains de ses boutons forment une croûte purulente, et Niko comprend pourquoi on l'a mis en service de nuit. Une sorte de dignité professionnelle mêlée à la peur de perdre son job force le jeune employé à répondre alors qu'il ferait mieux de ne pas savoir :

Oui, le… la consommation annuelle d'eau embouteillée en Finlande est d'environ dix-huit litres par habitant, alors que la moyenne européenne est de cent quatre litres par habitant.

Niko se lève en équilibre sur son tabouret :

C'est ça, ta réponse ?

Ce… ce sont les statistiques, monsieur.

Tu te fous de ma gueule ?

Pas du tout. La direction achète l'eau la meilleur marché.

Tu veux dire que l'eau qu'on a ici en bouteille est plus chère que celle en France ? Tu veux dire que même avec les coûts de chauffeur, de péage, de l'essence, tout le bordel du transport, tu veux dire que l'eau d'ici est plus chère que l'eau de là-bas ?

Laisse tomber, intervient Igor.

Quoi, laisse tomber ? Tu veux dire que des guignols en cravate ont décidé de se foutre de notre gueule ? C'est ça ?

Les doigts maigres d'Igor s'enfoncent dans la chair du bras de Niko, et il comprend que le secret du Finlandais est l'épaisseur de son épiderme. Dans d'autres sports comme le bodybuilding, c'est un handicap qui vous empêchera de devenir champion, mais pas ici où l'apparence n'a rien à voir.

Niko repose ses fesses sur le tabouret, le coussin exhale un sifflement bref.

C'est pareil dans ton pays ? demande Niko. T'as ce genre de morveux qui la ramène avec les statistiques ?

Le barman ne relève pas l'insulte, se retourne, continue de vider le lave-vaisselle et d'aligner ses verres sur les étagères. Encore une petite heure avant la fermeture. Dans un an, il obtiendra son master en Marketing & Pratiques commerciales. Avec un peu de chance, il en aura fini avec les boulots ingrats et son acné.

Je suppose qu'il n'est pas possible de t'éviter, même pour boire un verre d'eau minérale, fait Igor.

Fais pas ta chochotte, je sais que tu me guettais dans le miroir.

Igor sourit : Comme un entonnoir, dit-il. Tout finit comme dans un entonnoir.

Ouais, et ce sera pas autrement, Popeye. Toi et moi dans la boîte et les cons dehors à nous regarder.

Il se fait tard, dit Igor.

C'est tout ce que t'as à me dire ?

Ça m'a fait plaisir de te voir, Niko. Vraiment.

Niko termine son verre, le fait claquer deux fois sur le comptoir en bois clair pour attirer l'attention du trouduc de barman en gilet acrylique. Lui indique de servir une tournée supplémentaire.

Pas pour moi, dit Igor.

Un citron, alors ? plaisante le Gros cherchant à coincer le Petit dans un espace qui ressemblerait à de l'ironie. La prochaine fois, quand tu viendras prendre ta chambre, joue-la au finish. Peut-être qu'on se couillonnera tous les deux, qu'on sera disqualifiés. Les sponsors l'auront dans le cul.

Niko rit tout seul.

Il n'y aura pas de prochaine fois, répond Igor.

Tu prends ta retraite ?

Igor se décide à regarder Niko dans les yeux. Chez l'homme, la peau est un organe qui mesure deux mètres carrés et pèse cinq kilos. Il n'y a rien d'autre, et ils le savent. Ça se jouera à quelques secondes près, du temps mesuré en espace, celui qu'ils occuperont dans la boîte. Une illusion, un reflet dans un miroir. Ça peut suffire à remplir une vie. Mais si on exige davantage, on cherche sous la peau. Ils ne peuvent pas se mentir, pas quand on compte parmi les deux seuls hommes capables de résister si longtemps à de telles chaleurs sur plus de sept milliards d'individus.

Sois au rendez-vous, conclut Igor. C'est tout ce que je te demande.

Igor descend de son tabouret, il doit le faire en deux temps à cause de ses jambes trop courtes. L'hésitation atténue l'expression de défi dans ses yeux : la haine qu'il est obligé de ressentir pour rester le dernier et devenir champion.

Igor s'en va et le monde s'affaisse un peu plus pour Niko. La fonte des glaciers, le glaçon dans son verre. Dans le tableau, il manque la femme en rouge et le panache d'un décor patiné au lieu de cette merde d'hôtel sans caractère.

Moi non plus, gueule-t-il au Russe qui disparaît derrière la cloison où sera servi le buffet du petit-déjeuner. Moi non plus, je lâcherai rien, enculé.

Le barman ne comprend pas s'il s'adresse à lui tandis qu'avec son coude Niko heurte la bouteille de Perrier qui s'écrase au sol.

Premier tour

Concurrents restants : 89

1

Alexandra Azarov n'a pas changé de nom le jour de son mariage. Elle a bien fait : deux ans plus tard, elle divorçait, Dieu merci sans enfants. Séparation par consentement mutuel, à l'instar de la relation cordiale entretenue avec Mike, désormais rien de plus qu'un visage imprimé sur des photos rangées dans la boîte à souvenirs. La prise de conscience de ce qui importe : la carrière, et non pas la vie de couple et une éventuelle famille à élever. Des histoires sans lendemain suffisent à maintenir l'équilibre hormonal.

Alexandra vit à Bruxelles et porte un tailleur bleu marine. Elle possède un attaché-case en aluminium contenant les dossiers courants et une technologie phénoménale : iPad, iPhone, iBook, chargeur de batterie, câble et adaptateur universel. Alexandra travaille au service juridique de la Commission européenne. Ladite commission est une nébuleuse compliquée qui comporte, outre le service juridique en question : le secrétariat général, le bureau des conseillers de politique européenne, vingt-quatre directions générales, le centre commun de recherche, la direction générale du budget, le service d'audit interne & l'office de lutte antifraude, la direction générale des ressources humaines & l'office européen de sélection du personnel, trois directions générales logistiques (informatique, traduction & interprétation, Eurostat), la direction générale de la communication, sans oublier le personnel des cabinets des commissaires.

Répéter par cœur et à voix haute.

Alexandra Azarov occupe un bureau personnel dans le bâtiment Berlaymont, elle est blonde et a lutté (lutte encore) d'arrache-pied pour obtenir (maintenir) sa position actuelle. C'est une femme aux traits fins et amers, peu sensuelle mais au corps ferme entretenu par trois séances de fitness hebdomadaires (*body sculpt*, *steppers* et poids libres) – le genre de physique généralement apprécié par les hommes en costard qu'elle côtoie dans les *cocktails lounges* d'Ixelles.

Si on mettait Alexandra à côté d'Igor, pour une photo par exemple, on ne trouverait aucune ressemblance : plus grande, il n'y a aucuns points convergents, excepté les yeux bleus presque gris, déterminés et farouches. Le problème est qu'une telle photo serait improbable puisque la fille a coupé les ponts avec son père depuis quinze ans.

Alexandra stoppe un taxi en sortant du Starbucks. Sa destination communiquée au chauffeur, elle s'installe et boit son second *macchiato* sans sucre dans le mug isotherme qu'elle emporte avec elle. Elle profite du trajet pour sortir sa tablette et mettre entre parenthèses sa vie privée sur les réseaux sociaux – WhatsApp, Facebook, Twitter, Tinder, Instagram, Adopteunmec.com.

Quand elle franchira la porte du 200 rue de la Loi, aucune pensée parasite ne viendra la perturber dans son travail. Compartimenter sa vie est peut-être la seule chose que lui a apprise son père. Dans les sous-marins, les compartiments sont étanches. Leçon fondamentale pour ne pas couler.

Alexandra est occupée à actualiser son compte sur le site de rencontres (élimination de trois profils se révélant inappropriés) quand son téléphone sonne. Le taxi roule, mais elle ne regarde pas dehors, les rues, les avenues, elle se focalise sur le numéro qui s'affiche. Le préfixe +7 indique un numéro provenant de Russie. La sensation d'une décharge nerveuse se propage dans le bas de son dos. Elle laisse sonner encore deux fois, maîtrise la subite montée d'adrénaline en respirant par le ventre, les situations de stress, elle connaît. Tôt ou tard, dans une certaine logique des événements, elle s'attend à ce qu'on lui annonce la mort de son père.

Mais c'est un peu plus compliqué que ça.

Elle décroche.

Allô ?

La voix d'Alexandra est à l'image de sa physionomie : sèche. Mais c'est vrai aussi qu'elle force la dose de froideur, il est possible que son père ne soit pas mort et qu'il soit l'interlocuteur relié par satellite :

Madame Azarov ? Alexandra ?

C'est un homme, effectivement, mais pas celui qu'elle craint.

Qui est à l'appareil ?

Docteur Darius, je suis un ami de votre père.

Vous faites erreur, je n'ai plus de père. Comment avez-vous eu mon numéro ?

(...)

Allô ?

Hem, je... Disons que par le passé, mon travail consistait essentiellement à récolter des informations difficiles à obtenir.

En tant que médecin ?

Surtout en tant que médecin, oui.

Donc, je suppose que vous avez connu ma mère, Irina.

Elle avait trahi, madame Azarov.

On peut trahir l'amour, mais pas le Parti, c'est ça ?

C'est un point de vue. Par chance, l'histoire recouvre le passé d'une dalle inamovible. Et vous savez quoi ? Tout le monde se fout du passé.

Le KGB n'a jamais été doué ni pour l'histoire ni pour la poésie. Que voulez-vous ?

Comme je vous l'ai dit, je suis un ami de votre père. Sans doute le dernier ou le seul, peu importe. Igor est un survivant.

Mon taxi est bientôt arrivé.

Ce sera suffisant, Alexandra. Votre père est retourné à Heinola.

Heinola ?

C'est une ville en Finlande où se déroulent les Championnats du monde de sauna.

C'est absurde.

C'est ce que pensent la plupart des gens : absurde. Sauf pour ceux qui se trouvent à l'intérieur. Cela demande des capacités hors norme. Votre père est trois fois vice-champion du monde et...

C'est une blague ? Vous êtes un malade, je vais raccrocher.

… et cette fois-ci, il va gagner, Alexandra. La finale aura lieu dimanche, il ne fait aucun doute qu'il sera parmi les finalistes et qu'il gagnera.

Entendu, il va gagner. Et comment le savez-vous ?

(…)

Vous êtes là ? Comment le savez-vous ?

Parce qu'il va mourir, Alexandra.

2

Niko se réveille. Pas de gueule de bois ni de croûtes autour des yeux.

Pendant la nuit, Loviisa a voulu encore jouer avec ses testicules, il l'a laissée faire avant de se tourner sur le côté. La blonde aura boudé avant de s'endormir, rien à foutre. Elle comprendra quand elle aura bientôt la cinquantaine et se trouvera au pieu avec un gars ou une fille de la moitié de son âge.

Niko Tanner nage dans ces eaux troubles dites de la « maturité », cette décennie précédant le début réel de la vieillesse. Au seuil de la mesquinerie, du calcul des forces et des énergies à sécréter avec raison. Il devine que le mouvement naturel n'est soudain plus aussi fluide et généreux que par le passé. La fatigue se manifeste par des courbatures, des élancements dans le corps. L'humeur est grise. Autrement dit, si tu prends une biture et que tu baises toute la nuit, compte trois jours pour t'en remettre. Il n'en est pas encore là, mais ça pointe comme une calvitie dans le petit miroir du coiffeur quand il vous montre la nuque.

Bien sûr, il existe la coke, le Viagra, toutes sortes de vitamines disponibles pour combler ces petites dépressions psycho-physiques, Niko n'est pas con, les utilise quand il en ressent le besoin. Mais c'est un chemin sans issue, une façon de reporter à plus tard le constat d'échec qui s'annonce.

La bandaison s'épuise dans la fréquence, ennemie de l'illusion.

D'accord pour l'âge mûr.

Mais ce matin, Niko se réveille avec la pêche, il se sent bien sous la peau. Loviisa dort encore quand il décide de quitter la chambre, puis l'hôtel par la porte de service. Son passage dans la boîte est fixé à 16 heures. Il a du temps, ce putain de temps, nom de Dieu.

Il monte dans son pick-up, conduit pieds nus, en jeans et T-shirt. Roule en écoutant AC/DC, allume une cigarette, cette chanson où il est question d'un type au cœur foudroyé par le corps des filles trop belles, il roule dans les méandres de la terre spongieuse de Finlande, là où le continent hésite entre la terre et l'eau, entre la nuit et le jour.

Entre la solitude et l'abandon.

Roule.

Niko s'arrête près d'une cascade, au bout d'un chemin de terre humide et boueuse, franchissable uniquement par un pick-up 4x4 surélevé comme le sien. La musique est fauchée comme l'homme solitaire courant sur une voie ferrée.

Il se déshabille, sous son jeans il est nu de toute façon. Entouré d'une nuée de moustiques, il pince la graisse de son ventre, fait claquer dessus sa grosse main, se malaxe. Il pénètre doucement dans l'eau claire, les cailloux lui font mal aux pieds. Niko avance vers la cascade, il n'est pas doué pour le froid, retient son souffle, l'accorde progressivement à la température qui active son sang.

L'eau se fracasse sur ses épaules, son crâne, il éprouve une sensation d'évanouissement, se reprend, respire bruyamment, crie. Quel âge aurait Tarzan aujourd'hui ?

Il ne signera pas ces putains de DVD.

On ne lui touchera pas la bite.

La bite qui se recroqueville sous l'effet de l'eau glacée.

Là où le continent se morcelle et se délite.

Là où il y a le froid.

3

Les choses sérieuses ont commencé.

Vingt degrés supplémentaires pour une explosion de chaleur à 110 degrés Celsius. Aucun sauna au monde n'affiche une telle température. La plupart ne sont même pas conçus pour. Aucun club de sport, aucun gymnase. Même les chanceux possédant un sauna individuel ne s'y risquent pas. Les résistances cèdent, les assurances ne remboursent pas les dégâts physiques ou matériels d'une telle pratique.

Cent dix degrés, c'est ça les Championnats du monde.

Assis sur deux rangées face à face, les concurrents s'ignorent et se concentrent sur leur corps. Attentifs à leur respiration, à la gestion de leurs ressources, immobiles. Le moindre signe de défaillance est une alerte : arrêt cardiaque, brûlures, ulcération des poumons. Une ambulance est parquée à l'arrière du chapiteau. Un médecin est présent avec le jury.

Les deux derniers de chaque groupe passent au tour suivant.

S'arrêter ou continuer ?

L'enveloppe de peau exposée n'excède pas un millimètre d'épaisseur en moyenne – entre 0,12 (visage) et 4,7 millimètres (plante des pieds). Le « zéro virgule douze » fait référence aux paupières qu'Igor ouvre pour apercevoir ses adversaires du coin de l'œil. Silhouettes rendues floues par la sueur coulant dans ses yeux comme une soupe gluante. Derrière la baie vitrée, le public s'agite. L'isolation des parois étouffe la clameur. Toutes les trente secondes, une main gantée d'amiante ouvre le clapet près du fourneau et verse trois louches d'eau cristalline sur les pierres de stéatite chauffées à blanc – cette eau finlandaise coulant si pure du robinet que les habitants du pays n'en consomment quasiment pas en bouteille. Voilà la réponse que le boutonneux aurait pu donner hier soir à Niko. Une réponse qui l'aurait satisfait ou, en tout cas, rasséréné sur cette histoire de décroissance et de gestion intelligente des ressources. Mais surtout, l'eau cristalline fait grimper d'un coup l'humidité ambiante, les vitres s'opacifient, le public disparaît derrière la buée, et cette subite montée de chaleur est de la pure et simple torture amplifiée, aussi raffinée que l'eau elle-même, le moment que préfère Igor, celui qui lui arrache une sorte de sourire dément et fait craindre à ses adversaires que ce type soit cinglé. En général, c'est après la deuxième humidification que les plus faibles cèdent. Parfois, il suffit qu'un premier concurrent capitule pour que d'autres abandonnent, et sortent ainsi groupés. Et chaque fois que l'un d'eux quitte la boîte en titubant, on observe comme un regain d'énergie chez les autres. La sortie est définitive, ceux qui restent le savent.

Avec Igor, il n'y a plus que le 19 et le 67. Le 67 est un Néerlandais, il porte un maillot de bain orange avec un petit écusson de son pays imprimé dessus :

musculature profilée de nageur, silhouette dessinée au pinceau. Il regarde Igor puis son voisin, un Turc gras et lourd dont la tête minuscule émerge d'un torse puissant entièrement recouvert de poils.

Le Néerlandais croise le regard fou du Russe nain, observe la toison gorgée d'eau du Turc. Chacun a son secret pour tenir éloigné le feu qui les brûle. Le Batave au corps d'Apollon les supplie en silence, comprend maintenant que l'entraînement ne suffit pas. Il pourra faire le beau sur une plage, baiser un tas de filles, mais il ne sera jamais champion du monde. Il ne parvient pas à maîtriser cette crispation dans les jambes qui lui fait agiter ses talons sur le sol comme un épileptique.

Leurs regards convergent vers lui, il les voit sourire, nom de Dieu, il s'affole, se demande si le plus dur est de résister à la chaleur ou de rester enfermé avec ces deux tarés. Ils ont flairé la peur, attendent qu'il cède, qu'il se lève et se dépêche de quitter la boîte.

Igor et le Turc se donnent une poignée de main humide et sortent à leur tour. Inutile de forcer.

4

Depuis ce matin, des hommes et des femmes souffrent dans la boîte. Pas Loviisa. Elle se réveille, voudrait se blottir contre son nounours, mais Nounours a quitté le lit. Ça lui prend souvent ces temps-ci, Nounours est inquiet.

Déçue, elle enroule l'oreiller disponible entre ses cuisses, y frotte doucement son bassin comme autrefois elle suçait son pouce pour se rendormir.

On lui répète que ce mec n'est pas pour elle, qu'elle devrait en trouver un de son âge, ses copines, ses parents. Les gens ont cette capacité à se projeter dans un futur lointain, disons une vingtaine d'années, où Niko aurait presque 70 ans et elle moins de 45. Ces mêmes gens, dont l'écrasante majorité baise très peu (les soucis professionnels, la lassitude du conjoint, le stress, la routine, les enfants, la ménopause, l'andropause, la maladie, la fatigue, l'ennui), sont également capables de s'immiscer dans votre vie sexuelle. À les écouter, ils sont tous sexologues et spécialistes en gériatrie : Niko dévalera la pente alors que Loviisa sera dans sa pleine maturité psychosexuelle.

Sauf qu'ils ne connaissent rien d'elle ni de son homme.

Ils ne savent pas, par exemple, que Niko a beau avoir une trique de vingt-deux centimètres en érection, eh bien ce n'est pas ça qui la fait jouir. Elle préfère les tailles plus modestes, davantage réactives, celles qui tiennent une bandaison standard au lieu de la vague mollesse d'un membre dont l'irrigation sanguine exige une stimulation constante. De toute façon, Loviisa est davantage « clitoridienne » que « vaginale », plutôt destinée au plaisir qu'à la conception – en ce sens une vraie féministe.

Ses rapports occasionnels avec Tanjia lui font supposer que, potentiellement, elle pourrait devenir une « femme fontaine ». Ses glandes ont manifesté une propension dans ce sens. Potentiel qui l'effraie et qu'elle refrène, car on lui donnerait à interpréter des scénarios qui tourneraient uniquement autour de l'instant où sa chatte se mettrait à gicler des trombes d'eau devant la caméra. Les femmes fontaines durent peu dans le métier : marché de niche et stress physique qui vous bousille en quelques années. Sans compter qu'elles *jouissent chaque fois*, ce qui est inconcevable pour une pro qui veut durer. Les producteurs préfèrent laisser ce filon aux sites amateurs. Niko lui a montré des vidéos sur YouPorn et 1000XTeens : des adolescentes aux cernes marqués, la peau terne, le regard perdu ne trouvant plus l'objectif de la caméra. Les orgasmes qui leur sont imposés leur font perdre les pédales, elles ne maîtrisent plus leurs corps.

Elles ont quoi ? 18, 19 ans, et déjà promises à l'oubli, avait affirmé Niko, alors que toi, ma poupée, avec de la patience et du travail, tu entreras dans le

Hall of Fame comme Christy Canyon ou Tori Welles. Tu marqueras la mémoire de tes admirateurs au fer rouge, ils te chercheront dans toutes les femmes qu'ils croiseront dans leur vie sans jamais te trouver, parce qu'il n'y a qu'une seule Loviisa Foxx. Il avait aussi ajouté que ces femmes fontaines étaient faites pour une vie sexuelle épanouie et bourgeoise, non pas pour le porno qui tire son bénéfice de la frustration sexuelle.

Non, tous ces gens ne connaissent rien d'elle ni de son intimité, de ce qui lui fait aimer son nounours, aimer pour de vrai. Bien sûr, parfois elle se lâche dans des orgies qui durent toute la nuit, comme celle de l'avant-veille au motel, mais le plus souvent on baise déjà tellement dans leur métier qu'elle préfère passer le week-end dans une maisonnette au bord d'un fjord, à cueillir des fleurs et regarder des films d'horreur en mangeant des hot-dogs. Parfois, Niko râle un peu, mais c'est bon de se blottir dans ses bras tandis que des zombies dégomment des étudiants en médecine.

Loviisa soupire, étire son corps, muscles souples, peau tendre. Les poumons à peine entamés par la nicotine, le sang légèrement sucré de coke. Tout est à venir : la vieillesse, la déchéance, la chute. Mais c'est abstrait et lointain. Pour l'instant, la beauté l'emporte, le corps vif – ce qui restera toujours du souvenir de sa vitalité, ce que Niko craint de perdre et qui le rend morose. C'est toujours plus dur pour ceux dont le corps est le métier – acteurs, mannequins, sportifs. On les considère comme superficiels parce que leur corps est exposé, on les critique parce qu'ils se dopent, se soumettent à la chirurgie ou ne peuvent s'empêcher d'apparaître en public. Du haut de sa jeunesse,

Loviisa ignore tout cela, l'enfance n'est pas encore si loin, finalement.

Elle referme ses grands yeux cobalt, détend les ridules d'inquiétude au-dessus du nez, relâche ses muscles fluides sous l'épiderme. Les petits poils blonds sont le duvet des anges.

Non, hier soir elle ne boudait pas après son refus. Elle voulait juste qu'il lui dise qu'il l'aime. Comme chez Niko, il arrive que l'amour des hommes soit connecté à leur queue, elle comprend ça, elle avait caressé son membre, non pas pour le sexe mais pour la tendresse.

Ne t'inquiète pas, mon Nounours, pense-t-elle à voix haute. Je suis là. Je sais pas jusqu'à quand, mais je suis là maintenant.

5

À l'autre bout du couloir de l'hôtel, dans la dernière chambre de l'aile opposée, Igor s'observe dans le miroir en pied. Il a gardé son slip large qui monte jusqu'au nombril, puis se dit qu'au fond, il n'y a personne, qu'il peut aussi bien l'enlever. Des gouttelettes de sueur se promènent encore dans les poils grisonnants de son torse. Le slip tombe sur ses chevilles et ce qu'il voit est incroyable. Non pas sa nudité, de nature banale, mais son corps qu'il n'a jamais trouvé aussi en forme. Efficace et fonctionnel. Un corps sec, tendu, avec juste ce qu'il faut de graisse en réserve pour aller au bout de l'humainement possible, lorsque toutes les calories auront été brûlées et qu'il ne restera plus que la volonté pour tenir.

Il s'approche du miroir pour en délimiter des zones précises, recule pour jauger chaque partie en fonction de l'ensemble. Igor cherche à y déceler la mort à l'œuvre, entre neuf et douze mois, maximum. Il ne peut pas croire que ce corps-là arrive en fin de piste. Darius avait bu trop de vodka, l'hôpital s'était trompé dans l'échantillonnage des tests. Il avait demandé une seconde batterie d'analyses qui s'était révélée aussi positive que la première. Son docteur et ami avait effectivement sorti une bouteille de Stolichnaya de son tiroir, mais *après* les résultats. Ils avaient trinqué à la santé du crabe, ironiques et militaires, terminant la bouteille tant qu'à faire. Sans ajouter grand-chose, si ce n'est de se revoir à jeun et d'envisager la stratégie dite du « maximin minimax » – stratégie la moins défavorable de toutes les situations défavorables –, c'est-à-dire du moins pire. Igor aurait pu choper un truc plus peinard à la prostate, mais ce qui se passait au milieu de son plexus était de nature catégorique, vorace et sans aucune chance de rémission.

Voilà pour le passé. Un passé récent, datant de huit semaines. La nouvelle arrivant par une banale série d'analyses en vue du championnat. Un mois auparavant, les mêmes analyses n'avaient rien révélé. Quand avait eu lieu le changement ? Quel était le point exact à l'origine du déséquilibre ? Peut-être tout cela avait-il commencé une quarantaine d'années avant, un processus lent et vicieux, trouvant sa source dans la jeunesse même, comme ces alpinistes tombés dans une crevasse que les glaciers recrachent intacts des décennies plus tard.

Que faire ?

Lénine avait déjà posé la question pour les résultats que l'on sait.

En bon soviétique, Igor se l'est posée également, juste pour la forme, car il connaissait déjà la réponse :

Rien.

N'entamer aucun traitement. Aller au bout de sa préparation comme il l'aurait fait s'il avait été en bonne santé. Le docteur Darius a acquiescé, inutile de meurtrir davantage ou de s'encombrer d'espoirs inutiles. Dans leur essence sociale, ils sont des soldats : Darius a fait l'Afghanistan avant d'entrer dans le service du renseignement, Igor des missions ponctuelles et secrètes tout aussi exposées et potentiellement mortelles qu'un conflit à ciel ouvert sur un terrain rocailleux, parsemé de crottes de brebis.

D'un commun accord, ils ont convenu que le championnat serait le terminus, quoi qu'il arrive. Il n'empêche, pense Igor en se voyant nu face à ce miroir – mais bon, l'existence n'est pas à un oxymore près : nom de Dieu, si je me sens bien.

6

Pour ce qui est de compartimenter, c'est foutu.

Par chance, cette semaine ne propose pas une actualité appelant une réponse rapide (afflux de réfugiés, crise grecque, attentats islamistes), ce qui signifierait des heures de boulot supplémentaires et une surdose de caféine. C'est un vendredi ordinaire, et la plupart de ses collègues sont déjà partis en week-end après le déjeuner. Ce qui lui laisse le temps d'aller sur internet vérifier les infos de ce soi-disant docteur Darius, de cliquer sur des sites débiles qui parlent de ces championnats absurdes, et de voir trois fois le nom de son père mentionné en tant que vice-champion du monde, photos en sus.

Nom de Dieu, c'est pas vrai, pense Alexandra.

Igor Azarov : décoré de la médaille du Courage, la plus haute distinction qui puisse être accordée à un soldat. Vingt-cinq années au service du fleuron de la marine soviétique, puis russe, à bord de sous-marins nucléaires – passant de Starshina 2e classe à Commandant de compartiment de propulsion. Sans oublier les dix ans supplémentaires en tant qu'officier supérieur dans les bureaux moscovites de la marine.

Respecté, parfois adulé, surtout craint et haï par sa fille. Maintenant : fait le guignol dans un sauna pour les caméras finlandaises.

Elle regarde le cadran de son Omega sur son poignet fin et légèrement bronzé. Se masse les yeux tout en se laissant aller sur le dossier flexible de sa chaise de bureau : Alexandra se souvient vaguement de sa mère, enfermée dans un asile psychiatrique, avalant des pilules pour avoir trahi quelque chose qui ressemblait à l'idéal révolutionnaire.

Le geste de se masser les yeux se termine par le pincement de l'arête du nez : aucune école ne vous préparera jamais à prendre certaines décisions. Ronronnement de l'air conditionné. Un chat monstrueux de verre et d'acier, satisfait de lui-même. Des normes, des règles édictées. Le ver minuscule dans le bureau 607 ronge et perturbe l'entière machine à réglementer l'Europe. Les interférences sont néfastes, son travail est au point mort. Alexandra regarde encore sa montre, les aiguilles ont à peine bougé. Elle se lève, prépare un café à l'appareil Nespresso – les fonds de l'U.E. servent aussi à entretenir la villa de George Clooney sur le lac de Côme. Elle interrompt le geste de prendre une cigarette dans le paquet sur la table ovale destinée aux visiteurs. Elle boit son café, dit « Fait chier » à voix haute, et retourne à son ordinateur où elle lance le moteur de recherche Google avec les termes suivants : *vols last minute Helsinki*.

7

La disparition au milieu des fjords a conforté la légende. Question du petit monde grouillant sous le chapiteau : où est Niko ? On a craint l'abandon du champion, caprice ou frasque sexuelle le laissant sur le carreau avec un infarctus, un accident vasculaire cérébral ou, pire, une overdose.

Rien de tout cela.

L'ambulance est paisible sur le parking.

Quand le biker se présente à la porte de sa chambre, il trouve Loviisa en petite culotte, bâillant, les yeux gonflés par le sommeil.

Où est Niko ? demande le motard.

Loviisa ne sait pas. Elle hausse les épaules et referme la porte.

Elle a confiance et elle a raison.

Niko se présente à l'heure dite face aux jurés. Frais, souriant, détendu, le peignoir ouvert sur un tanga blanc immaculé. Sa peau est écorchée par le froid, des plaques rouges apparaissent sous le bronzage intégral.

Niko prend son bain de foule, touche des mains, salue le public plus nombreux aujourd'hui. Fais-les suer, Niko. T'es un crack. Montre-leur comment mouille un Finlandais. Riez, bande d'enculés. C'est bon de s'éloigner du monde pour y revenir. Niko est à cheval entre deux précipices, ne sait lequel choisir entre la haine et l'amour. La journaliste de Live NettiTV lui plante un micro sous son nez alors qu'il parvient sur l'estrade. Il la repousse gentiment, lui propose de venir le voir plus tard sous la tente où il dédicace ses DVD. Un clin d'œil promet à la blonde présentatrice bien plus qu'une simple interview : elle pourra toucher la statue, respirer sa sueur âcre de bête en compétition.

Niko jette son peignoir à un membre du staff, monte sur le caillebotis, passe sous la large pomme de douche. Il se frictionne en jouant avec ses muscles avant de se mettre en rang. Des sifflets fusent dans le public. Parmi les six concurrents qui attendent devant la boîte, il reconnaît Knut Fridén, alias le « Révérend », numéro 66. Il porte son caleçon de bain noir avec un petit carré blanc sur la ceinture, rappelant le col romain et sa fonction dans le civil. Le Révérend ne le voit pas, il remue la bouche en silence, priant les yeux fermés. Il y a deux ans, au cours de ces mêmes championnats, Niko l'a surpris en train de se faire sucer sur le parking. Dans le lot, c'est peut-être le seul à en avoir une aussi grosse que lui, sauf qu'elle est montée sur un corps longiligne et malingre, pâle à faire peur et totalement repoussant, mais visiblement pas pour la jeune groupie au look gothique et sa bouche fauve. Le Révérend est un adversaire sérieux, un candidat pour la finale. L'année précédant le premier sacre de Niko, il avait manqué le titre de peu, et ce trou du cul de pasteur suédois est de retour. Mais au fond, c'est cela qu'il respecte : savoir durer dans un monde où tout vous pousse vers l'éphémère. Il a pris maintes fois le temps de l'expliquer à Loviisa, comment monter en puissance par paliers, et d'une certaine façon, il veut bien admettre que Dieu est une constante. Travail et pugnacité, il n'y a pas de secret. Il ne faut pas croire tout ce qu'on raconte à son sujet : ses talents naturels, Niko les a toujours soumis à une discipline qui compense ses excès.

Quoi qu'il en soit, ce fils de pute est là. Le problème avec ce genre d'adversaire, c'est que Dieu est son pote et que sa résistance dépend beaucoup de combien Dieu désire s'inviter dans la boîte avec eux.

On referme la porte.

230 degrés Fahrenheit.

Souffrant, c'est comme ça qu'on veut l'homme. Jésus sur la croix. La nécessaire rédemption comme une montagne de verre brisé à escalader pieds nus.

La seule chose qui vaille la peine.

Le plus beau cadeau que Dieu ait transmis à l'homme : la souffrance.

Amen.

8

Alexandra a terminé son circuit « forme » de trente minutes au Lady Fitness Club d'Uccles, alternance de travail cardio et de renforcement musculaire. Son récent bilan morphologique – fonctionnel, articulaire, musculaire – la situe dans une condition physique allant de « bonne à très bonne ». Elle pourrait renoncer à ses cinq/huit cigarettes quotidiennes et au(x) spritz de 18 heures (167,5 calories/verre), mais compte tenu du fait qu'elle est juriste et non pas triathlète, ses petits écarts la rendent, somme toute, plus humaine.

Dans les vestiaires, elle se douche à l'eau tiède avant d'entrer dans le sauna où elle salue les femmes présentes, étend sa serviette sur les planches et s'y installe à demi allongée. Elle regarde le sablier déjà entamé, ne pas oublier de le retourner au moment voulu. Une séance de quinze minutes suffira pour compléter son entraînement.

Autour d'elle, dans la lumière tamisée, des femmes chuchotent. Elle préférerait le calme mais, de toute façon, la musiquette en fond sonore *Relaxing chill out* s'échappant d'enceintes invisibles ajoute à la pollution sonore.

Alexandra ne peut s'empêcher d'écouter leur conversation, les échanges ressemblent à de petits crachotements de mitrailleuses. Elles parlent de mecs et de travail, Alexandra se demande si dans les saunas pour hommes eux aussi parlent de nanas et de travail. La réponse serait oui et, si on faisait un bilan des échanges verbaux dans les villes d'Occident riches et industrialisées, il resterait très peu de mots à sauver.

De fil en aiguille, elle se demande si à Heinola les concurrents ont le droit de parler pendant la compétition. Sans doute pas, et au fur et à mesure que la chaleur harcèle son corps et la fait transpirer, que la soif envahit sa bouche et sa gorge, Alexandra se dit que ce concours absurde cache peut-être une motivation plus grande, l'ambitieux et ridicule secret de se dépasser soi-même.

Elle fixe le thermo-hygromètre indiquant la température (80°) et le taux d'humidité qu'une des filles présentes se charge de maintenir à 25 % en versant régulièrement une louche d'eau sur les pierres chaudes. Alexandra voit leurs peaux luisantes, jambes, muscles, seins, graisse. Les taches d'humidité que leur désintégration laisse sur le banc de bois clair. Elle voit leur pubis épilé, le soin que chacune porte à son corps. Alexandra est surprise par le degré d'intimité de leurs échanges – complexité de la garde alternée, comportements sexuels des derniers hommes connus, ambiance au sein de l'*open space* professionnel –, comme si d'être nues entre femmes les affranchissait de toute pudeur. Et si elle-même entrait dans la confidence, que leur dirait-elle ? Quel serait son secret qu'il lui faudrait leur avouer ?

Alexandra fixe le sablier à l'arrêt, se lève pour le retourner et recommencer le temps. Les femmes s'interrompent et la regardent. On peut ouvrir la porte et sortir quand on veut, prendre une douche fraîche, se savonner et disparaître dans sa ligne de vie, dans le flux du trafic, dans l'*open space* intersidéral, habillés et socialisés. Sortir de la grotte, du confessionnal, du cocon qui finit par vous brûler.

Dans tout ce qu'a fait son père, rien n'a jamais été insolite ou spontané. Et maintenant qu'il va mourir, elle se demande si cette bravade sera son testament, si les mots qu'elle aurait à lui dire incluraient le pardon.

9

On frappe à la porte. Loviisa regarde Niko qui hoche la tête. Il est 21 heures.

Iiris et Viola franchissent le seuil de la pièce, intimidées malgré leur ventre plat, leurs tatouages et leurs seins en liberté sous un T-shirt qui s'arrête au nombril. Loviisa referme derrière elles. Niko est allongé sur le lit, une bouteille de vodka dans la main. Il porte encore son tanga blanc dont la saillie amplifiée indique un début d'érection. L'alcool lui fait toujours cet effet, on dirait qu'il remplit à lui tout seul les corps caverneux de son pénis. Ses cheveux tombent sur ses épaules. Il fume malgré l'interdiction de l'hôtel. Sur le plafond, il a noué une serviette de bain humide autour du sprinkler pour que cette merde ne vienne pas arroser la chambre au moindre signal de fumée.

Les filles se regardent, Loviisa leur désigne le lit du menton où elles s'assoient côte à côte près de la jambe épilée de Niko. Sa main énorme pourrait les prendre et broyer leurs corps de cristal.

C'est quoi ces tatouages ? fait Niko en recrachant la fumée de sa Marlboro.

Des… des symboles maoris, répond la brune. Chez moi, c'est la tortue et Iiris a un lézard…

Un gecko, rectifie Iiris.

Ouais, un gecko, confirme Viola.

Un gecko…, répète Niko.

Ouais, en Polynésie, on raconte que cette créature peut parler aux dieux et regarder le monde caché, dit Iiris, elle apporte la fortune…

Niko éteint sa cigarette dans le cendrier posé sur le matelas, renifle ses doigts. Verse un peu de vodka dans sa main qu'il frotte sur sa cuisse pour atténuer l'odeur de nicotine.

Tu aimes cette odeur de grain ? demande Niko à Viola, la plus proche de lui.

Niko plie sa jambe et la fille se penche pour sentir. La fille hume et puis lui lèche la cuisse.

J'aime aussi goûter, dit-elle en remuant le piercing sur sa langue.

Et ta copine ? demande Niko.

J'aime tout ce qu'elle aime.

Mais on peut aussi être de sacrées chieuses, conclut l'autre.

Son érection a monté d'un cran et il ne s'en cache pas.

De toute façon, il est sur le déclin. Un jour il espère être tellement gros qu'il ne bougera plus de son lit et se contentera de bander. Le cul est ce qui reste quand tout le reste a foutu le camp, l'amour et les roses.

Dans leur dos, Loviisa a refermé la porte de la salle de bains. On entend l'eau couler dans la baignoire ainsi que les premières notes de *Let's Groove*, des Earth, Wind & Fire que Loviisa a sélectionné sur son smartphone. Niko déteste le disco funk, mais cette fille est une perle dans un océan de malveillance.

Loviisa vous a dit ce que j'attends de vous ?

Pas de problème, Niko. On sera au top.

Je veux que vous le fassiez pour moi, d'accord ?

Tout ce que tu veux, Niko.

Vous serez son plus beau souvenir. Vous serez son salut, la dernière image avant la mort, vous comprenez ?

Ouais, on est là pour ça.

Je veux que vous l'aimiez, nom de Dieu. Mettez-y du cœur.

On comprend, ouais. On va l'aimer toutes les deux.

De mon côté, je vous obtiens un casting avec Platinum.

Les filles poussent de petits cris d'excitation.

On y va soft, fait Niko : pas d'éjaculation faciale, ni de gangbang ou de sodomie. Les gars sont des pros, ça roule comme ça ?

C'est super, Niko, merci.

Ouais, merci.

Mais d'abord, je veux être sûr que vous soyez majeures.

Ouais, on peut te le prouver, fait Iiris en caressant le ventre de Niko.

Je parle pas de ça. Je veux voir vos cartes à toutes les deux.

Le biker nous a déjà contrôlées sous la tente.

Je m'en fous, on déconne pas avec ça.

Leurs minijupes sont tellement serrées que les filles doivent se lever pour sortir leurs cartes d'identité de leur poche. Niko lit 04.10.1998 et 21.03.1997. Putain, la jeunesse est un puits sans fond. Il leur rend leur carte.

Vous parlez anglais ?

On se démerde, ouais.

Bien. Loviisa ? Hé, Loviisa.

Loviisa ouvre la porte.

Venez, les filles, le bain est prêt.

Les filles obéissent, gloussent, elles n'en espéraient pas tant.

Tu viens, Nounours ?

Nounours emporte sa bouteille avec lui. Dans ce film qu'il a vu au moins dix fois, *Vanishing Point*, à la fin, le type, Kowalski, fonce tout droit dans les lames des bulldozers censés lui barrer la route.

Second tour

Concurrents restants : 53

1

Par le hublot de l'A350, siège 55L, dernier à droite avant les toilettes – ultime recours possible en cas de catastrophe aérienne –, Alexandra regarde un cargo minuscule en apesanteur sur la mer Baltique. Les déplacements en avion demeurent son talon d'Achille, une saloperie de handicap pour une fonctionnaire devant emprunter ce moyen de transport deux ou trois fois par mois. Bien sûr, elle a suivi la semaine de cours « Voler sans peur » proposée par Brussel Airlines, ce qui ne l'a pas empêchée ce matin de prendre un Lexomil avec son café. Tout ce qu'on a pu lui dire pour la rassurer, tous les conseils possibles sur le sujet n'ont pas réussi à guérir sa peur. Et comme tout phobique qui se respecte, Alexandra a lu une importante littérature sur le sujet, notamment l'histoire de Vesna Vulovic, hôtesse de l'air de la Yougoslav Airlines dont l'avion s'est écrasé d'une altitude de 10 160 mètres en 1972. Vesna doit sa survie au fait qu'elle ait atterri sur une montagne enneigée remplie de sapins et qu'elle ait été attachée à son siège à l'arrière de l'avion. D'où l'emplacement 55L fortement voulu par Alexandra Zulenski bien qu'elle sache qu'il n'y a pas de montagne sur les 1 747 kilomètres du trajet Bruxelles-Helsinki, et encore moins de neige au mois d'août sur cette partie du globe. On se rattache à ce qu'on peut.

Il reste 55 minutes de vol sur les 2 heures 25 estimées. Le capitaine informe les passagers que l'avion entame sa descente. Les conditions météo sont optimales, la température au sol à Helsinki Vantaa est de 22°, le ciel dégagé, l'arrivée prévue à 10 h 55, exactement comme indiqué sur l'horaire.

Alexandra cherche à se détendre, se masse la nuque. Tout va bien. Elle regarde autour d'elle, n'est pas étonnée qu'il y ait autant de passagers sur ce vol du matin – la Finlande est un pays hautement industrialisé, d'où les nombreux costumes Hugo Boss gris anthracite et les tailleurs à fines rayures Max Mara. En revanche, elle doute fortement que ces hommes en cravate et ces femmes en tailleur se rendent à Heinola pour assister au championnat du monde le plus débile qui soit.

En parcourant le dépliant touristique trouvé dans la poche du siège avec le menu et le catalogue du *duty free*, elle constate que les Finlandais sont friands de ce genre d'imbécillité :

Les Finlandais aiment faire la fête en groupe pour oublier l'isolement de l'hiver et fêter l'arrivée des beaux jours.

C'est ça, ouais.

Une secousse fait trembler l'appareil. Au-dessus de sa tête, un signal sonore et un voyant lumineux lui rappellent d'attacher sa ceinture. Alexandra referme la brochure. Un peu plus loin, le chariot des boissons et snacks dévie de sa trajectoire tandis que l'hôtesse se rattrape à un siège. Merde. Alexandra se demande ce qu'elle fout là. La carlingue d'un avion peut être un lieu hautement introspectif quand on craint le pire. Est-ce là le signe d'un retour d'humilité dans un monde cartésien ?

Alexandra a soudain un mauvais pressentiment. Il y a quelque temps encore, elle se serait tournée vers Mike qui, avec des mots feutrés pour ne pas se faire entendre des sièges voisins, lui aurait reproché son sens du tragique. Elle aurait répliqué que ce n'était pas pour rien qu'elle était russe. Mike n'aurait pas compris sa réponse et aurait déplié son journal, agacé. Mike voyait la vie comme une succession de défis professionnels entrecoupés d'instants festifs. La vie en brochette, une publicité pour les barbecues Cuisinart.

N'ayant personne avec qui le partager, elle le garde pour elle.

Le mauvais pressentiment, donc.

2

Trois heures avant l'atterrissage du vol Finnair 816 en provenance de Bruxelles International, la majorité des concurrents a quitté sa chambre.

Un voile de sérieux et de concentration recouvre l'apparente insouciance des premiers jours. Dans la salle du restaurant qui leur est réservée, les prétendants se talonnent le long du buffet du petit-déjeuner. Familles et proches ne sont pas autorisés. Certains s'empiffrent pour calmer leur nervosité, d'autres se limitent aux fruits et à un bol de céréales. Tous sont en tenue de sport, survêtement ou short. On se jauge, on fait claquer ses tongs sous la plante des pieds qu'on traîne comme un surfeur nonchalant. Des T-shirts serrés sanglent la musculature, des maillots de corps échancrés montrent des poitrines épilées, des zones de peau tatouées de pirates, de mort et d'intimidation. Gourmettes, bagues, colliers, lourds et massifs, qu'il faudra ôter tout à l'heure, l'essentiel étant qu'un maximum d'adversaires se mettent à douter lorsqu'ils sortiront de leur chambre pour se rendre au chapiteau. Une tension élevée vous fout dans la merde avant même d'avoir commencé. Tout le monde se la joue Schwarzie, des durs placides tout en graisse et en muscles, les biscottes se brisent sous leurs gros doigts nerveux chargés de bagouses en turquoise. Les plus audacieux portent des lunettes de soleil, isolent le regard, tout le monde se donne l'air indifférent, on se jauge à la dérobée.

Une altercation éclate entre le concurrent anglais et le Hongrois encore en lice. L'Anglais a raflé les trois derniers œufs mollets. Le Hongrois esquive plus ou moins un coup de boule qui lui pète une incisive. Il réplique avec des coups de poing désordonnés, les plateaux s'écrasent au sol, la vaisselle se brise et les œufs sont de petits soleils piétinés. Des concurrents norvégiens et finlandais séparent les belligérants, les emmènent faire un tour à l'extérieur pour se calmer. Le jeune employé du bar déplie le petit panneau de sécurité jaune *Wet floor*, passe la serpillière, comptant à nouveau les heures qui le séparent de sa fin de journée.

Le flux reprend son rythme derrière le buffet. Pour la plupart, le thé remplace le café. Les siphons des waters charrient des kilos de caca chargés d'appréhension. Les plus téméraires ou les plus doux osent une cigarette au seuil des portes vitrées. On a beau échanger quelques blagues en sourdine, se montrer décontracté, frimer en écrasant son mégot dans le cendrier à pied sous l'auvent, le samedi marque le tournant de la compétition. Entre les deux épreuves du jour, celle du matin et la seconde qui se déroulera en nocturne, seuls cinq d'entre eux atteindront la finale dimanche. Vacherie d'un calendrier qui, cette année, condense la compétition en quatre jours au lieu des cinq habituels. Tous sont convaincus qu'ils passeront le deuxième tour. Après, ça dépendra de comment ils récupéreront d'ici ce soir.

Personne ne peut savoir tant qu'il n'y est pas.

3

Les favoris ne se mêlent pas au peuple des petits-déjeuners.

Les favoris restent dans leur chambre.

Le Turc : assis sur le tabouret de la salle de bains, il coiffe les longs poils soyeux de son torse dans un sens et puis dans l'autre. Il s'occupe de ses bras, de ses jambes qu'il est obligé d'écarter de son ventre énorme. Les algues noires se démêlent sur les soies de la brosse, souples et câlines. Le tabouret grince sous son poids, le Turc est confiant.

Le Révérend : prie dos tourné à la fenêtre que baigne une lumière claire et fraîche. Il est nu, les genoux meurtris par le frottement sur la moquette jaune et brune. Son chapelet devient mantra, l'excitation est un mélange de pénitence et de sublimation.

Igor Azarov : raccompagne deux filles à la porte de sa chambre. Il regarde leurs petits culs s'éloigner dans le couloir éclairé par les spots au plafond. Pour lui, les étoiles filantes n'exauceront plus aucun vœu.

Règle numéro 2 : « Ne pas céder. »

Il manque Niko.

On y arrive.

4

Comment c'est, en bas ? demande Niko.

Tendu, répond Loviisa.

Tendu comment ?

Il y a eu une bagarre.

C'est bien, ils ont peur.

Niko cajole la bouteille de verre sur son ventre ovoïde comme une dune de sable.

Tu devrais arrêter avec la vodka, Nounours. Tu risques la disqualification.

Niko réprime un rot : Je gère.

Je sais que tu gères. C'est pas toi le problème, c'est eux.

À force de règlements, ils mourront en bonne santé. Y aura tellement d'organes à disposition qu'ils les gaspilleront en les donnant à des alcooliques et des psychopathes.

On devrait peut-être quitter le pays ?

Quand ça ?

Le mois prochain, l'année prochaine. Aller ailleurs.

Et le *Hall of Fame* t'en fais quoi, hein ? Y a du travail, poupée, beaucoup de travail.

J'ai pensé à l'Amérique.

Pas question. C'est ici que tu bâtiras ta légende. Tu peux être la dernière avant que tout ça disparaisse englouti par le Web et les amateurs, tu peux encore entrer dans l'histoire.

Je m'en fous, Nounours. C'est moi ta préférée, non ? Quesse j'en ai à foutre d'être dans le désir des autres hommes ?

Tu devrais pas parler comme ça, pas quand on a ton corps.

T'es pas dans le *Hall of Fame*, toi, ça t'empêche pas d'être mon nounours.

Faut pas me blesser, poupée. Rocco, il est juste arrivé quand tout ça se développait, John Holmes aussi. Les temps ont changé, les VHS, les cinémas, tout ça, c'est fini, les amateurs nous volent le métier, internet a tout salopé. C'est comme si tu demandais à Burt Reynolds d'être numéro un aujourd'hui, ça ne marcherait plus.

Burt qui ?

Comme tu me vois, je suis un classique.

Je ne veux pas te blesser, Nounours. Tu me suffis, c'est tout.

Je suis trois fois champion du monde.

Tu veux un câlin ?

Trois fois. Il me faut de la Listerine.

Où ça ?

En ville, les clés sont derrière le pare-soleil, sois de retour dans quarante-cinq minutes.

Loviisa sourit :

J'avais prévu le coup.

La bouteille verte ?

Ouais. J'en ai dans mon sac. La verte.

Niko sourit. Son premier sourire du matin.

J'aime quand tu ris, Nounours. Quand tu ris, c'est toi.

Viens ici, poupée, fait Niko en tapotant le bord du matelas.

Mais la venue de Loviisa est interrompue par des coups à la porte. Elle dit : Je crois que c'est les filles.

Niko allume une cigarette. Il n'y a pas d'autre façon de faire que d'être soi-même.

Iiris et Viola retrouvent Niko tel qu'elles l'ont laissé la veille. Le temps ne passe pas pour Niko Tanner, c'est ce qu'il voudrait croire. Sauf que, cette fois, il n'a pas pris la peine d'enfiler un slip ou de recouvrir son sexe avec le drap. De toute façon, elles l'ont sucé hier dans la baignoire, un goût amer sur sa queue à cause du bain moussant à la lavande.

Les filles restent à distance. Elles ont des cernes gris sous les yeux, c'est bon signe.

Niko demande :

Alors ?

Eh bien.

Eh bien quoi ?

Il a pas joui.

Il a pas joui ?

Ouais. Non.

Comment ça, il a pas joui ?

Pas joui.

Il était dur au moins ?

Ouais, aucun problème de ce côté-là.

Pour un vieux, il tient la forme.

Mais il est pas venu, ça non.

Vous voulez dire qu'il n'a pas éjaculé.

C'est ça.

On a tout essayé.

Ouais. Tout.

Des heures qu'il est resté comme ça.

Ce mec, c'est un taré.

Ouais, tout le sang de son cerveau devait se trouver dans sa bite.

On a crié, léché, supplié.

Du coup, on est devenues comme folles tellement il nous a baisées.

Il nous a montées comme des juments, mais rien.

Pas une seule goutte.

Personne n'aurait pu résister.

Personne.

N'empêche qu'il a résisté, conclut Niko.

Et… et notre casting ?

Vous irez.

Ouais, on ira ?

Vous avez fait le maximum.

On te le jure, Niko.

Niko prend la bouteille, réfléchit :

Il y a des choses chez un homme… Comment dire ?

Il boit, s'essuie les lèvres du revers de la main.

Dis-nous, Niko.

Gardez ça bien en mémoire, ça vous servira pour plus tard.

Moi aussi, Niko ? demande Loviisa.

Toi, tu le sais déjà, poupée.

Dis-nous, Niko.

Niko avale une gorgée de vodka brûlante, se décide :

On peut tout obtenir d'un homme, mais pas forcément de sa queue.

5

Remontant la E75 dans son Opel de location, Alexandra ne différencie plus la géographie de ce qui appartient à une île, une presqu'île ou au continent. Déjà la veille, quand elle a cliqué sur Google Street View pour se faire une idée du parcours, aucune image n'était disponible pour cette zone du globe.

Elle allume la radio, ne comprend rien au programme, se penche en avant tout en gardant un œil sur la route. Prend au hasard un des CD disponibles dans la boîte à gants, ouvre le boîtier, l'enfile dans le lecteur.

Musique locale. Children of Bodom. Elle classerait ça dans la catégorie *Heavy metal hystérique*. Elle sourit, ça lui rappelle les groupes de son adolescence quand son pays s'émancipait du communisme. Des tas de jeunes se défoulaient dans des caves ou des usines en friche. Elle s'était pris des cuites phénoménales, sa vie sexuelle avait commencé dans une odeur de moisi, d'urine et de poussière. Elle peut bien sourire à l'évocation de cette époque, il n'empêche qu'elle avait raté le coche d'une initiation épanouie.

Alexandra n'a jamais consulté de psy dans sa vie, on a sa dignité. En revanche, elle a réfléchi sur la question, et ça continue, parfois il y a des fulgurances. Tout en conduisant sur cette route, d'abord triste comme une autoroute, et puis plus exotique au fur et à mesure qu'elle pénètre une nature verte gorgée de lacs et de rivières, elle se dit que le thème majeur de son existence – un peu comme une musique de film rejouée de différentes façons – est une mélodie amère, celle de l'absence de plaisir. De plaisir fondamental.

Heinola ne lui fait pas penser au nom d'une actrice porno scandinave. Le nom suggère plutôt celui de l'avion qui a lâché sa bombe sur Hiroshima.

Révélation sur elle-même, déflagration atomique.

Ce qui lui manque, c'est le plaisir.

Depuis le début, depuis toujours.

Did hear I'm crazy, yes, I do

So fuck the father and fuck you too

Oh, merde.

Un bel orgasme, long et modulable, qui la ferait crier.

Enola Gay, le champignon atomique dans sa poitrine.

Elle ralentit, allume une cigarette malgré l'interdiction formelle du séduisant employé de chez Hertz.

Elle allume sa cigarette au volant, sa voiture au GPL explose.

Fait chier, bordel.

Et elle accélère.

6

Au troisième jour, les corps deviennent plastiques et fondent. Les peaux tendres se confondent avec la sueur molle de la graisse. On se demande d'où vient toute cette eau, comment il est possible de générer autant de liquide tout en restant encore entier, masses de chair assises sur leurs fesses, bras croisés serrés contre la poitrine pour que le cœur n'explose pas.

Les organisateurs guettent devant la porte vitrée, demandent par gestes si tout va bien, et les concurrents, pouce levé, indiquent le contraire de ce que disent leurs yeux. Ce sont des hommes, et ils sont perdus. Ce sont des hommes en capsule, des astronautes immobiles. Parce que avant tout, avant toute chose, avant l'intelligence qui s'obstine et se défait, ils sont des corps dans un lieu et dans un temps donnés.

À l'extérieur, le public ne sait pas, ne connaît rien, c'est pour ça qu'il est public. Le public est lâche et veule et profane. Le public est ce bloc indistinct qu'Igor ignore et que Niko méprise. Ces bouches que le Révérend voudrait sauver par le martyre. Que le Turc ne comprend pas.

Au troisième jour, ils tombent et s'engluent sous les sifflets et les applaudissements. Ceux qui lâchent prise s'échappent en courant de la boîte. Le médecin vient à eux, ils ont honte. On les félicite, mais ils ont perdu et ils le savent. Ils auraient souhaité être ce corps dans un lieu et dans un temps donnés. Un corps qui ne s'effondre pas, un corps qui résiste et meurt debout. Ce qu'il reste d'eux, c'est de l'eau, l'arrondi de leur cul, imprimé éphémère sur le bois clair nettoyé chaque soir au jet et au savon noir.

Il n'y a plus de trace, sauf celle de ceux qui reviennent.

De moins en moins nombreux. Ils sont poussés au-delà, ils s'apprêtent à franchir le tube de l'entonnoir.

Comme on a dit, il en restera cinq.

Et puis un dernier.

Comme d'habitude.

On s'éteint par touches impressionnistes.

Les favoris, les outsiders.

Tous s'éteignent.

On s'éteint, c'est tout.

7

Alexandra a loué une cabane au camping Heinäsaari, en bordure de la ville. La cahute elle-même est en marge du village de tentes, multicolores et bruyantes. Les championnats sont un prétexte pour se beurrer chaque soir et baiser entre touristes et locaux.

L'intérieur sent le renfermé, Alexandra jette son sac sur le lit, ouvre l'unique fenêtre. Elle ne teste pas le matelas, mais vérifie l'état des toilettes qui sont rouillées ; elle tire la chasse, un reste de désodorisant moisit dans la cuvette. La courtepointe, les deux brûleurs à gaz, tout est ancien et humide. Des moustiques piquent ses avant-bras.

Comment faire quand on n'a pas vu son père depuis plus de quinze ans ?

Comment s'en approcher sans se brûler ?

Elle hésite entre différentes options, ce flottement lui fait mordiller sa lèvre inférieure. Et peut-être que dans ce cas, comme toujours, le mieux est d'attendre et de se concentrer sur l'effort.

Elle ouvre son sac, se change rapidement, enfile une tenue de sport, chausse ses Adidas roses. Elle ne ferme pas à clé derrière elle, on est en Finlande, elle cache tout de même son portefeuille au milieu des socquettes et des culottes.

Alexandra s'échauffe face au lac, entourée de bouleaux dont les branches souples plient sous le vent, elle étire ses muscles et ses tendons. Alexandra a un corps dessiné pour la course. De longues jambes dures et fines, un physique facile à transporter, des seins menus. Si elle ne vivait pas dans une grande ville, elle choisirait l'espace au lieu des salles confinées du club de fitness. La salle de gym marque un début de défaite, un refuge confortable face aux éléments, face à soi-même et à sa volonté.

Elle cherche son rythme, une foulée moyenne sans forcer, adopte un tempo inspiration/expiration 3/2 standard. Après l'avion, Alexandra est revenue sur terre, éprouve le sol irrégulier, pierres, cailloux, racines, teste la terre tendre sous ses semelles. Sa queue-de-cheval rebondit sur sa nuque, elle s'enfonce dans les bois. Après les compartiments étanches, son père lui aura appris à courir. Avec la dure discipline des écoles soviétiques et la crainte permanente de l'échec.

Le chemin zigzague entre les troncs blancs des bouleaux. Elle avait oublié leur écorce lisse au toucher, oublié qu'il en existe des forêts entières.

Alexandra s'enfonce dans les bois. Dans ce territoire inconnu, blonde et souple, mais jamais sensuelle. Elle est une machine : à travailler, à courir, à socialiser, à baiser.

Dans sa prison, il lui faudra trouver une cuillère. Creuser le mur qui la sépare d'elle-même et du rire.

8

Igor n'est pas satisfait malgré sa qualification. Il pense que si la finale s'était déroulée aujourd'hui, il aurait perdu. Les premiers effondrements s'annoncent, il a senti des douleurs au milieu de son ventre. Les coudes en appui sur ses cuisses, on croyait qu'il obéissait scrupuleusement au règlement alors qu'il sortait le meilleur de lui-même pour tenir. Finalement, un Belge de 100 kilos s'est levé et a failli s'évanouir une fois dehors. À vingt secondes près c'était la porte,

la défaite,

et la mort.

Dans le refuge de sa chambre devenue une bulle de ténacité, Igor éprouve cette panique de l'enfermement qu'il a vécu par le passé, quand le sous-marin était resté coincé sous la banquise de l'Arctique. Seuls le sang-froid et la compétence des hommes les avaient sauvés d'eux-mêmes. Et maintenant que la douleur grandit, qu'elle sera là pendant tout l'après-midi, qu'elle explosera ce soir lors des demi-finales, il s'apprête à faire ce que la règle numéro 1 lui interdit : prendre ce putain de téléphone et demander de l'aide.

À quoi cela sert-il de ne pas éjaculer ? À quoi cela sert-il de ne compter que sur soi-même ? Il ne veut pas que son sacrifice se termine dans la cuvette des chiottes, emporté par une diarrhée rouge. Ce matin, il se sentait Dieu sur terre. Maintenant, un malade à l'approche de sa phase terminale. Les combinaisons possibles sont les carrés d'un Rubik's Cube, tout peut se retourner d'un instant à l'autre.

Alors prends ce foutu téléphone et appelle.

Ouais ?

Oui, tu peux.

Touche zéro, appels extérieurs.

Tonalité.

L'index compose le numéro, les empreintes digitales des clients se superposent sur le combiné. Un filet de sueur, la peau grasse. Les doigts sont le terminus des glandes exocrines. Depuis le début de l'humanité, 107 milliards d'hommes ont vécu sur la Terre. Après la deuxième sonnerie, le docteur Darius prend la communication.

C'est moi. Je souffre, fait Igor.

Darius ne répond pas, on entend sa respiration lourde de fumeur.

J'ai besoin d'une solution, ajoute Igor.

Je peux être là demain, répond Darius.

Demain, c'est trop tard.

Merde. Je pensais que tu y arriverais.

Tu t'es trompé.

Ça se répand plus vite que prévu, désolé.

Je m'en fous, trouve-moi une solution. Sortir en demi-finale, c'est pire que de crever.

Tu peux conduire jusqu'à une pharmacie ?

Ça me foudroie, Darius. Je chie du sang.

Combien ?

Pas trop, mais c'est là. Je peux tenir, il n'y a pas d'hémorragie.

T'as de l'argent sur toi ?

J'ai ma carte, il y a un distributeur dans l'hôtel.

Tu peux y arriver ?

Arriver à quoi ? Finis tes phrases, bordel.

Au distributeur, à prendre de l'argent.

Ça, je peux.

Bouge pas, je te rappelle.

Igor ouvre la fenêtre, la sueur inonde son visage. Ses jambes sont raides. Des élancements fouettent son dos, le tordent. Il se couche à même le sol, l'air l'apaise. Dans une échelle de souhaits mineurs, il préférerait ne pas entendre la musique de sauvages provenant de la kermesse ni respirer l'odeur de saucisses grillées qui l'enveloppe, nuage maléfique et transparent.

9

Son peignoir commence à sentir, sueur et adrénaline. Niko n'a jamais pensé en acheter un second identique. Même reproduit, il estime que chaque objet est unique, qu'il doit d'abord s'user ou disparaître avant d'être remplacé. C'est comme cette histoire de peluches Ikea. Niko avait acheté à son neveu un chien jaune pris dans un bac où ils s'entassaient par dizaines. Quand il l'a eu dans les mains, c'était celui-ci et pas un autre, même si le modèle Hoppig avait été fabriqué à la chaîne quelque part en Indonésie.

Ce truc de la peluche était une autre de ses vérités rangées dans la vitrine de ses convictions.

Seul dans l'ascenseur qui le ramène à sa chambre, le torse encore humide du dernier combat dont il est sorti vainqueur, Niko soulève un bras et renifle son aisselle. Il suffirait d'appeler le room service et il trouverait son peignoir propre et repassé sur son lit dans moins de deux heures. C'est compter sans la superstition d'aller jusqu'au bout avec les molécules sécrétées par ses propres glandes, sur lui le peignoir est vivant.

Il sort de l'ascenseur, hésite à faire un détour par la chambre du Russe pour lui demander ce que ça fait d'avoir les couilles bleues. Il lui est apparu en difficulté lors du troisième round, il voudrait lui demander aussi si tout ça vaut la peine, de se faire autant de mal pour si peu de gloire, mais des questions trop personnelles révéleraient son propre doute.

Au lieu de ça, il tombe sur la journaliste de NettiTV qui l'attend assise dans un des fauteuils du couloir, près d'une table basse où sont éparpillés des magazines. Elle tient dans sa main un gobelet en plastique emprunté à la fontaine à eau. Elle est rousse, pose sa revue et déplie son corps aussitôt qu'elle l'aperçoit se diriger vers elle. Niko remarque les ongles des orteils peints en rouge sang, la chaînette en argent sur la cheville fine, les jambes musclées gainées d'un pantalon blanc léger, le chemisier bleu ajusté sur les seins. Pourquoi faut-il qu'elles se présentent avec l'insouciance de cette chair bien proportionnée, cette manière de fouler la moquette comme si tout ça, la santé et la beauté, était une chose évidente ?

Niko s'arrête juste avant de la toucher avec son ventre qui dégouline de sueur malgré la douche glacée. Il devrait retourner à cette cascade, se préparer pour ce soir en créant une zone de froid dans ses vacuités.

Je suis là, dit-elle.

La fille ne recule pas. L'odeur de Niko n'est pas un obstacle.

Vous voulez tout savoir, c'est ça ?

Le maximum de choses dans un temps raisonnable, oui.

Votre pote à la caméra ne vient pas ?

C'est pour la presse écrite. Un portrait. On a assez d'images comme ça.

Vous me donnez quoi en échange ?

Cinq cents euros.

Mille.

Sept cent cinquante, et vous êtes à moi pendant une heure.

Niko dit OK, fait volte-face, s'éloigne. La fille le suit en trottinant. Elle est obligée de rebondir, chaque jour, chaque minute. Elle est une balle de flipper dans le grand jeu médiatique. Rien ne l'intéresse vraiment en dehors d'elle-même, pourtant elle doit faire comme si tout était fascinant ; en l'occurrence interviewer un acteur de films pornos champion du monde de sauna est une chose qui l'intrigue.

Niko prend l'escalier de secours menant au parking. Son peignoir virevolte dans son dos et ressemble à la cape d'un superhéros.

Notez-le.

Quoi ?

La cape, le superhéros. C'est vendeur.

Où va-t-on ? demande-t-elle.

Dans ma voiture.

Je vous préviens, je ne couche pas.

Moi non plus. Notez ça aussi.

Vous conduisez et je pose les questions, c'est ça ?

C'est ça.

La fille sort le Dictaphone de son sac :

Je commence maintenant.

Pas de problème.

Vous pouvez y aller.

Ouais ?

Allez-y, ça tourne.

Niko se retourne, saisit ses poignets et la plaque contre le mur. Sa trique est aussi dure que le béton qui l'entoure. Au-dessus de leur tête, le néon de l'issue de secours passe une couche de vert sur leurs visages étonnés.

La fille écarte les jambes, le jeans est tellement serré qu'on devine les lèvres s'ouvrir et boursoufler le mince tissu. La queue de Niko frotte durement, gonflée au point que la moitié sort du maillot de bain, raide comme un périscope.

La journaliste lui a bien dit qu'elle ne couche pas.

Elle se faufile entre les bras puissants de Niko, glisse, se baisse, écarte le maillot de bain du champion pour libérer sa queue.

Les dix premières minutes de l'enregistrement signalent des bruits de râle et de succion, puis arrivent les mots sous forme de questions/réponses, mais avec un peu de perspicacité, on comprend que l'essentiel a déjà été dit.

10

Le monde est petit, dit Lee Van Cleef.

Il est également mauvais, répond Klaus Kinski.

Alors quand Igor ouvre sa porte, les joues creusées, le corps malade, et voit devant lui le Bandido et ses Ray-Ban, il se redresse et lui demande ce qu'il veut.

J'ai ton matos, connard.

Igor recule, lui fait signe d'entrer et de refermer la porte.

C'est triste chez toi.

Les chambres sont toutes pareilles.

Non, ici, c'est plus triste.

Pourquoi, tu connais toutes les chambres de l'hôtel ?

Quelques-unes. Mais surtout, si je dis que c'est triste, c'est triste, d'accord ?

Comme vous voulez.

Le fric.

Igor prend l'argent dans son portefeuille. Ça lui fait mal aux fesses de débourser la moitié de sa retraite mensuelle pour cette saloperie, mais de toute façon, rien n'a plus vraiment d'importance, demeure le principe.

Le biker sort trois flacons de 5 milligrammes de morphine et un lot de seringues stérilisées sous emballage.

Tu sais comment faire ?

Je vais me démerder.

Cinquante de plus, et je te montre.

Merde.

Je suis pas ta nounou, trouduc.

Igor cède et lui tend son bras.

Pas là, c'est trop visible. À l'aine. Relève ton slip.

Igor s'assied au bord du lit et tend sa jambe. Le biker déroule son bandana et fait un garrot au sommet de la cuisse.

Vous êtes sûr ?

T'as mal ? demande le biker.

Très.

Où ça ?

Le ventre.

Le ventre et la tête sont les pires.

Le biker attend que les veines se gonflent, stimule la cuisse en la malaxant.

Là, il y en a une belle. T'as de bonnes veines, grand-père, ça ira. Il y a aussi les pieds, mais tu risques la phlébite. Et avec la chaleur, c'est pas bon. Tourne la tête.

Pas de problème, allez-y.

Tu le veux, ton titre, hein ?

C'est ça, dépêchez-vous.

Le biker tapote la seringue, fait sortir un peu de liquide. Enfonce l'aiguille et appuie sur le piston. Igor grimace, la morphine irradie dans son bas-ventre comme une rivière glacée.

Dans une autre vie, j'étais infirmier. C'est pour ça que je suis cher.

Le biker relâche la pression du bandana au fur et à mesure de l'injection. Il retire la seringue et la pose sur le lit.

Maintenant tu sais comment faire.

11

Alexandra traverse le hall et demande à l'employée derrière le comptoir comment accéder à l'enceinte de la kermesse.

C'est simple, vous ressortez, prenez à droite jusqu'au grand chapiteau. Il y a une billetterie, vous ne pouvez pas vous tromper.

Alexandra hésite, elle pouvait deviner ça toute seule. Elle ne pensait pas solliciter une jeune femme en tailleur bleu marine dans un hôtel en Finlande, mais voilà, c'est comme ça, la vie, un putain de cirque, car sa véritable question est :

Je… je cherche un certain Igor. Igor Azarov.

Monsieur Azarov ? Oui, bien sûr, c'est moi qui ai enregistré son arrivée. Attendez… Voilà, chambre 412. Si vous souhaitez l'appeler, il y a un téléphone interne près du vestibule.

Alexandra remercie, s'éloigne. Vaque dans le hall, croise des concurrents en survêtement faisant la navette entre les étages et la salle de sport. Elle s'approche du tableau fixé sur un chevalet où sont inscrites les heures de passages des demi-finales. Elle repère le nom de son père, son passage est prévu à

21 heures. Elle ne sait plus quoi en penser, de tout ça, cette sorte d'invraisemblance, ce monde aberrant et mis entre parenthèses semble avoir été construit pour la désorienter.

Elle franchit les portes coulissantes, allume une mentholée sur les marches de l'hôtel. Le chasseur la prie de s'éloigner, la zone fumeur étant située au pied des escaliers. Elle obéit, s'excuse, tire nerveusement sur la lanière de son sac. Elle porte un pantalon de toile et une veste en jeans, des baskets qui la font s'élancer sur le goudron. Mais à l'intérieur d'elle-même, elle est raide, droite, rouillée.

Elle paie son billet, reçoit un tampon sur le dos de la main et pénètre dans l'enceinte de la kermesse.

Elle a de la peine à y croire.

Les Championnats du monde de sauna, putain.

Elle n'est pas du genre vulgaire, mais ça lui échappe alors qu'elle traverse ce territoire inconnu où tout est cramé par le soleil, la chaleur, la braise. Corps, esprit, viande. Des enfants la bousculent, des parents leur courent après. Le tourisme est une plaie. Le tourisme est une galère. Elle découvre qu'elle ne croit pas à l'Europe, au monde, à la race humaine. Tout ça finira mal : stands de saucisses, friture, tir aux fléchettes, pêche aux canards, coups de poing électroniques, concours de luttes, de T-shirts mouillés et de bras de fer, barbe à papa, pompes à bière, rodéo mécanique, baby-foot géant, macramé, encens, Dieu et l'Église évangélique luthérienne, Dieu et Niko Tanner – le Pieu de Thor.

Alexandra voit le poster géant qui le montre nu, la chevelure peroxydée tombant sur ses épaules recouvertes d'une cape rouge. Entre ses mains puissantes, il tient un marteau gigantesque qui cache son sexe. Au pied du poster, de petits cierges et des lampions de dévotion brûlent dans l'herbe, autel improvisé dont les offrandes sont des culottes, des strings, des soutiens-gorge ou des sex toys. Le biker assis sur son tabouret lui fait signe de se mettre dans la file derrière les femmes qui patientent à l'entrée du stand.

Alexandra ne comprend pas.

Il va venir, dit le biker. Vous passerez toutes.

Je n'ai pas l'intention d'entrer.

Faites la queue, point.

Je regardais. Je ne sais même pas qui c'est.

Vous avez tort.

Et pourquoi ?

Connaître Niko, c'est connaître le faune.

Vous débloquez.

Asseyez-vous et faites-lui don de quelque chose à vous. Ce que vous demanderez sera exaucé.

Le biker rit, les dents jaunes, la langue comme du massepain qu'il passe au coin de ses lèvres sèches.

Alexandra recule.

Comme avec toute chose qui fait mal, mais qui vise juste.

Elle recule.

Derrière elle, sous le chapiteau et dans la boîte, des femmes souffrent déjà dans leur maillot de bain une-pièce. Elles se serrent dans leurs propres bras, elles sont grasses et déterminées. Elles fixent ce point invisible que personne ne voit mais que tout le monde cherche.

12

De retour dans sa chambre, Niko trouve Loviisa allongée par terre, jambes écartées, le bassin en suspension sur ses pieds. Un élastique transparent maintient unis l'index et le majeur pour une meilleure prise du clitoris. Sa main est une araignée qui s'agite entre ses cuisses.

Gainage du périnée ? demande Niko

Je fais comme tu m'as appris, Nounours. Je m'entraîne.

N'oublie pas, garde le plaisir à distance.

Ouais.

Relâche maintenant. Compte jusqu'à dix et recommence.

C'est ce que je fais.

T'en es à combien ?

Troisième série. Comment c'était avec la journaliste ?

Fatigant.

Les nymphomanes sont une plaie. Ça va, Nounours ? T'es pas trop vidé ?

Je dois encore faire un tour au stand. Surveille-toi quand même.

Je ferai une sieste tout à l'heure.

Tu as pris l'étiquette *Do not masturb* à mettre sur la porte ?

Bien sûr.

(Rires)

Montre-moi, poupée, montre-moi comme tu fais semblant. Oui, c'est bien, voile un peu ton regard, remue la tête, ouvre la bouche, sors la langue, très bien.

C'est pas facile, Nounours. De m'entendre jouir, ça me donne envie pour de vrai.

Regarde au-delà de tes cuisses, répète-toi combien tout ça est idiot.

Je sais, Nounours, mais c'est mon corps qui veut jouir.

Bon, je dois y aller, poupée, elles m'attendent.

Loviisa transpire, Niko s'approche, s'agenouille près d'elle et lèche son front.

Arrête, Niko.

J'aime ton goût, poupée, salé et acide.

Je vais jouir.

Lâche-toi, poupée. Avec moi, tu peux.

Parce que en plus d'être belle, Loviisa vient quand elle veut.

13

Le téléphone sonne, Igor soulève le combiné.

Darius, fait Darius.

Je sais.

Il est venu ?

T'aurais dû me dire que c'était un gars de Niko.

Ça ne change rien.

Je risque la disqualification.

C'était ça ou la douleur. Il va la fermer, c'est un pro. Je lui ai dit qu'il aura un supplément à la fin.

Je dois me préparer. C'est dans une heure.

N'oublie pas.

Quoi ?

Le supplément.

J'y vais, Darius.

Bonne chance, camarade.

Igor raccroche. Il revient devant le miroir, et devant le miroir il se redresse. Il voudrait comprendre pourquoi une douleur arrive et puis disparaît. D'une main, il soulève ses testicules endoloris, les soupèse dans sa paume avant de les laisser pendre entre ses jambes. Il tire la peau de son prépuce gonflé et rouge. Il pense aux deux jeunes filles dont il pourrait être le grand-père, et se demande à quel moment précis sa vie a commencé à perdre de l'amplitude et à se restreindre. Il s'observe, tâte le milieu de son ventre, là où se niche le foyer de sa maladie. Sans la douleur, il est comme les autres.

On frappe à sa porte.

Igor enroule une serviette autour de ses hanches, marmonne des mots d'insulte, on le fait chier, qu'on le laisse en paix, nom de Dieu.

Debout sur le paillasson, il trouve une femme blonde dont le visage est un morceau de glace. La trentaine, peut-être plus. Mais l'apparence importe peu, car sous la glace, s'il avait la volonté et la patience de la briser, il découvrirait chez elle un faisceau d'émotions retenues. Ce qu'il ignore, c'est que la fille blonde a pensé : Finalement le plus simple est de frapper à sa porte, le reste, on verra plus tard ou on ne verra pas.

Igor pense que la froideur apparente est celle d'une prostituée.

C'est encore Niko qui vous envoie ? demande-t-il.

Qui ça ?

Le blond. Le gros. Celui que je vais battre.

La fille ne répond pas. Igor a un doute lorsqu'elle cligne des yeux, comme si une lumière trop vive l'aveuglait et qu'elle devait retenir ses larmes.

Mais le doute s'efface, Igor n'a pas le temps.

Alors ? Vous voulez quoi ?

Je me suis trompée.

Trompée de quoi ?

On m'a dit 412, mais ça doit être 402.

Attendez.

La fille se retourne. Igor tient toujours la serviette autour de ses hanches. Alexandra a peur que la serviette ne tombe, la mise à nu de tout ce gâchis.

J'ai connu une femme, il y a longtemps. Vous lui ressemblez.

Pourquoi ?

L'homme respire plus vite. Elle voit sa glotte s'agiter sur son cou maigre. Peut-être que la maladie est là, dans ce nœud entre le cœur et le cerveau.

Elle insiste :

Pourquoi vous me dites ça ?

Parce que je l'ai trahie.

Igor referme la porte.

Et maintenant, je viens payer. Mais ça, elle n'a pas besoin de le savoir.

Demi-finales

Concurrents restants : 22

1

La boîte est un vaisseau spatial éclairé dans la nuit noire. Une musique électro marque des éclats de lumière, interférences sur les têtes des danseurs qui sont des vagues sur un océan sans bords. Les étoiles ? La pointe des stroboscopes sous le chapiteau.

À l'intérieur, ils souffrent mais on ne les regarde plus, on les voit seulement. Ils sont la pointe empoisonnée d'un supplice atavique. Ils sont concentration et amas de chair enfermée dans la capsule du souvenir, amnésie d'humanité.

Au sommet de l'estrade, le deejay appuie le supplice, raye les platines et condamne le perdant qui s'échappe, disloqué, au seuil de la chute. Il cherche avec ses mains un support, une issue mais, à moins d'une intervention d'urgence, le règlement interdit de le toucher avant qu'il ne soit sorti du sauna.

Et la foule hurle, s'excite, tremble.

Ils sont la défaite.

La haine.

La peur.

À l'intérieur, les concurrents se font face, solidaires et adversaires.

Eux savent. Ils ont gagné leur respect mutuel.

La chaleur dit qui vous êtes.

C'est comme la dignité, ça brûle en une seule fois, il n'y aura pas de seconde chance. Sinon, c'est de la rédemption, ça n'en finit jamais.

Ça dit comment vous êtes. Dedans. Au plus profond. Au plus éloigné dans l'infra mince, là où aucun accélérateur de particules ne parviendra jamais. Cet élément qu'on ne peut pas briser chez un homme qui a décidé de ne pas céder.

Lorsque l'un d'eux se lève et titube. Lorsque l'un d'eux pousse la porte. Lorsque l'un d'eux s'écroule à l'extérieur et tombe à genoux, aussitôt secouru par des infirmiers portant un gilet blanc à croix rouge. Chaque fois que l'un d'eux. Ils se demandent ce qui est pire.

Quitter ou être quitté ?

Ceux qui restent le savent. Ils lèvent le regard sur celui qui pourrait être le prochain dans moins d'une minute, et chacun espère que ce sera l'autre. Le temps est un noyau de pêche, dur et lourd, un recommencement de l'univers. Une matrice dont ils sont l'empreinte.

Dehors, ça danse et ça se soulève.

Niko.

Igor.

Le Turc.

Le Révérend.

Ils guettent.

Ils tiennent.

Un peu plus loin. Se pencher sur le gouffre.

L'Outsider se joint à eux.

Les derniers.

Ceux qui tomberont plus tard.

Les demi-finales ont donné leur verdict et on a rassemblé les finalistes sur l'estrade, presque nus, voués au dernier sacrifice du lendemain, le moment ultime, l'apogée. Autour d'eux, les stroboscopes clignotent dans la nuit noire, évoquent des visages, des corps en sueur aussi, des langues rouges qui cherchent d'autres langues à manger.

Ils dansent, boivent, se brisent sans résistance. Ils ne savent plus comment faire pour échapper à eux-mêmes. L'oubli est une solution. Le sacrifice des autres est une solution.

Les finalistes lèvent leurs bras mous, saluent l'obscurité dessinée en coulée de lave : lessivés, essorés, la soif colle dans leur bouche.

Parmi eux, il y aura le vainqueur.

Demain.

Un peu plus lourd. Un peu plus mort après les autres. Aveuglés par les spots, ils sourient au rien, au public noir qu'ils devinent face à eux. Ils sont dans la lumière des projecteurs. Conscients de l'absurdité, mais ne pouvant s'y soustraire.

Le vainqueur de rien du tout.

Sur l'estrade, par-dessus les danseurs-robots, on les cajole, on les accompagne à la salle de relaxation où les sponsors affluent.

Concurrent le plus âgé, on propose à Igor de devenir le représentant d'une marque de chausse-pieds télescopiques, de cannes lumineuses, de poignées d'appui, de tensiomètres numériques. Au Turc, on offre des contrats de crème dépilatoire, de lames à raser, de viande en conserve. Le Révérend signe pour des articles de la boutique chrétienne, « Jésus t'aime », « Jésus n° 1 dans ma vie ».

L'effervescence les empêche de communiquer entre eux, de se féliciter. Niko trouve l'espace pour poser sa main sur l'épaule de son Popeye de poche. Il sent les os du Russe aussi fragiles que ceux d'un oiseau.

C'est demain, fait Niko en retirant sa main.

Igor lui retourne un sourire candide sous les flashs des photographes et des caméras de télévision :

Comme on a dit, Niko, toi et moi.

Les deux prennent la pose. Niko s'efforce de sourire. Igor s'efforce de vivre.

En aparté :

Me lâche pas, Niko. C'est tout ce que je te demande : me lâche pas avant.

Qu'est-ce que t'as, Popeye ?

Je veux que ce soit toi.

Niko sent le danger de ces mots prononcés avec tendresse, la tendresse qui implique l'amour.

Peut-être ce qu'on craint le plus finit-il par arriver.

Niko est un frontal, il se gratte la cuisse, passe une main nerveuse sur ses attributs. Pour une fois, il voudrait jouir du moment festif, brosser sa vanité, se joindre à l'amalgame de la fête. Il noue son peignoir autour de sa taille, un geste concret au milieu de la confusion, un présage du pire.

Le Russe s'éloigne et la menace n'a jamais été aussi tangible. Plus loin, accaparés, le Révérend et le Turc sont occupés à signer de la paperasse. Par chance, l'Outsider approche Niko pour une photo souvenir avec le champion, lui donnant ainsi l'occasion d'un face-à-face réel :

T'es qui, toi ? demande Niko.

Celui qui va te la mettre bien profond.

Niko ne l'a jamais vu avant ce soir. Il est surpris d'un tel langage chez un jeune homme aussi bien coiffé et rasé, visage ovale et sans relief.

La jeunesse, hein ?

Pour les groupies, t'es peut-être le dieu Thor, mais pour moi c'est du flan, t'es juste une farce, un décor de théâtre. Prépare la vaseline, Niko. T'es fini.

L'Outsider se tourne vers les caméras, sourit en passant une main sur les épaules de Niko.

Niko l'observe encore : le gars est propre sur lui, même en maillot de bain, ils sont pratiquement de la même taille.

Ta mère m'a dit qu'elle a gardé tous tes cartons de Playmobil.

C'est ça, réplique l'Outsider les dents serrées.

Tes préférés, c'étaient les pompiers.

Et alors ?

Comment tu veux être un rebelle après ça ?

2

Igor : la solitude après le bain de foule.

Il n'a plus que sa volonté pour tenir. Sa chambre, sa piqûre. La longue nuit l'attend, un prélude à l'anxiété de la douleur. Il voudrait que ce soit déjà demain après-midi pour lâcher prise et quitter. Il a peu de temps, il en voudrait encore moins.

Il lui reste trois fioles.

Mais d'abord : s'agenouiller, prendre la valise sous le lit, en sortir la barre métallique longue de 30 centimètres pour 25 millimètres de diamètre et le rouleau de scotch américain. Au cours d'une vie, il peut arriver qu'une pièce de métal devienne notre bien le plus précieux. Son unique chance, son feu d'artifice. D'une certaine manière, on ne pourra plus les ignorer. Ils entreront dans l'histoire.

Après sa piqûre, Igor prend le téléphone.

Ça sera suffisant ? demande-t-il.

Je t'ai dit : je peux être là demain, répond Darius.

Arrête avec ça. Je t'ai posé une question.

De 1 à 10, à combien tu évalues la douleur ?

Sans morphine ? À 11.

Il y a un hôpital à deux kilomètres.

Laisse tomber.

Un hôpital.

Rien à foutre. Fais revenir le motard.

Comme tu veux.

Encore une chose.

Oui. Tu vas y arriver, camarade.

Bien sûr. Encore une chose : pourquoi tu as prévenu ma fille ?

Elle est venue ?

(On frappe à la porte.)

Pourquoi, Darius ?

Je voulais te faire plaisir.

Tu deviens sentimental, Darius. J'ai tué sa mère. Il n'y a plus de plaisir possible.

(On frappe encore.)

Irina avait trahi.

Ta gueule.

Irina était schizophrène.

Irina avait besoin d'amour. J'ai noyé ça sous la mer. Trouve-moi de la morphine. Bouge-toi, Darius.

Il raccroche, traverse la chambre.

Règle numéro 3 : assumer ses erreurs.

Règle numéro 4 : ne pas attendre le pardon.

Sur le seuil, il aurait pensé à nouveau trouver sa fille, il aurait cru qu'elle insisterait, mais Alexandra est dure comme l'amour.

Au lieu de quoi, c'est la Journaliste qui se présente.

Il dit : Je vais gagner, c'est tout ce que vous devez savoir.

Vous êtes sûr ? La parole peut soulager.

Foutez le camp.

La Journaliste obéit, elle a des ressources, son métier propose des alternatives, il y a beaucoup de numéros et de chambres, jamais assez d'hommes.

Elle prend les escaliers, descend d'un étage. Consulte son calepin et frappe avec ses doigts peints, sa main délicate. À l'intérieur de son poignet, là où les veines sont le plus vulnérables, elle s'est fait tatouer à l'encre bleue : *Vierge de la vie à la mort*.

Le Révérend finit par lui ouvrir. Il se gratte, des plaques d'eczéma à l'intérieur de ses bras.

On peut faire l'interview ici, si vous le souhaitez ?

La Journaliste s'avance dans la pièce. Elle baisse le regard et constate son excitation. Les genoux du Révérend sont deux croûtes sanguinolentes et jaunes. Il est gêné, mais c'est plus fort que lui. À force de prier, il faut que ça sorte d'une façon ou d'une autre.

Je crois, Révérend, elle dit en refermant la porte, que vous êtes le genre d'homme à qui toutes les femmes sont fatales.

3

Il ouvre la portière du pick-up Nissan et la trouve assise sous la loupiote du plafonnier.

Qu'est-ce que vous foutez là ? demande Niko.

On m'a parlé de vous, je suis venue.

Vous êtes aussi journaliste ? Vous allez me dire que vous ne couchez pas ?

Je vous ai vu dans la boîte. Je vous ai vu gagner. J'ai aussi acheté un DVD, dit-elle en tapotant son sac à main.

Lequel ?

Celui où vous ressemblez à un dieu.

Le Pieu de Thor. C'est mon meilleur avec *Polyglot*.

C'est ce qu'on m'a dit.

Un million d'exemplaires. Réalisé par John Stagliano. Le film de l'année avec *Insatiable Sandy*.

Je peux fumer ?

Rocco a sa scène d'anthologie quand il tire la chasse des waters. Moi, j'ai celle avec la gamelle du chien.

Je n'ai pas de feu.

Ça m'a valu un Venus Award, bordel. Vous savez ce que ça signifie parmi les centaines de milliers de films tournés chaque année ?

Si vous allumez le moteur, je pourrai utiliser l'allume-cigare.

Donnez-moi ça, je le signe et vous disparaissez.

La fille lui donne le DVD. Niko déchire la Cellophane d'un coup de dent, lui fait signe d'ouvrir la boîte à gants où elle trouve un stylo et des briquets en plastique. L'un d'eux tombe sur le tapis de sol.

Elle est sur le point d'allumer sa cigarette quand Niko lui demande :

Comment vous appelez-vous ?

Alexandra.

Si j'écris votre nom de famille, ça vaudra plus cher un jour sur eBay.

Alexandra Azarov.

Attendez.

Quoi ? demande Alexandra.

Azarov ?

Azarov.

Nom de Dieu.

Je fais quoi avec ma cigarette ?

Niko fait démarrer le Nissan.

Ouais, utilisez l'allume-cigare, c'est meilleur au goût.

4

Tanjia s'assied sur le rebord de la baignoire. À l'intérieur, le cou et le visage de Loviisa émergent de la mousse. Des vapeurs chaudes enveloppent la salle de bains, le miroir au-dessus du lavabo est embué. Un cœur tracé avec l'index et les lettres L et T sont encore visibles.

C'est quoi sur ton visage, demande Tanjia, de l'eau ou des larmes ?

Les deux.

C'est Niko ?

Jamais pleuré pour autre chose que lui.

Tout va bien. Y a pas de raison.

S'il devait lui arriver quelque chose, tu m'aiderais ?

Bien sûr. Toi tu aimes Niko et moi, je t'aime. C'est comme ça et pas autrement.

Tanjia plonge doucement son bras dans l'eau chaude, voudrait que son bras puisse glisser entre les cuisses de Loviisa.

Pas de câlin ? demande Tanjia.

Il est inquiet. Je ne l'ai jamais vu aussi inquiet.

C'est sa vie, Lov. C'est sa vie et parfois, on n'y peut rien. C'est comme moi avec toi maintenant. Je voudrais te voir sourire.

Pourquoi j'ai ce truc dans le ventre qui me dit que ça va pas ?

T'as toujours eu ce don, ouais.

Ça ne sert à rien si tu peux pas changer le cours des choses.

Tu dois seulement l'accompagner comme je t'accompagne.

Tu sais quoi, Tanjia ? Tu devrais faire psycho. Niko m'a dit que Sharon Mitchell a fait un doctorat après le porno.

Arrête tes conneries.

Je suis sérieuse.

Allez, viens, donne-moi ta main.

T'es sûre ?

Tu sais ce qui me fait mouiller chez toi ?

Mon intelligence ?

Ouais, t'es ma petite psychologue du cul.

5

Heavy metal en stéréo, vieux et lourd comme les années 80, celles de la gloire du cul et du basculement définitif vers le déclin et la chute. Le paysage est une obscurité d'éclipse, éclairé par la lune sous le vent qui se lève. Alexandra oublie ses tailleurs, sa technologie, sa mallette. Elle boit une nouvelle gorgée de vodka, passe la bouteille à Niko. La vodka appelle la nicotine qui appelle la vodka. Leur rencontre est une jonction improbable dans un pick-up Nissan. À 37 ans, Alexandra a cru aux opportunités et a négligé l'espoir. Aucun des hommes qu'elle aurait pu rencontrer sur Tinder ne l'aurait jamais emmenée sur la route sombre et minérale d'un dieu ancestral. Au point où elle en est, elle a décidé de se soumettre, de voir comment ça fait de s'exclure de soi-même et de renoncer à la vanité.

Niko ne la regarde pas, conduit dans un tunnel de réflexions. Au bord de la route, les arbres sont là pour s'y fracasser. Il pourrait le faire avec cette inconnue à ses côtés, monter à 160 et entamer un frontal sur le sapin le plus massif. Ce serait vache pour Loviisa, ce serait la trahir. Niko a lu beaucoup de choses sur les accidents de voiture des personnalités célèbres, Bessie Smith, Jayne Mansfield, Grace Kelly, Diana Spencer. Toutes étaient accompagnées. Le passager inconnu.

Je connais un coin, fait Niko.

Alexandra acquiesce, elle aussi pourrait mourir ce soir, rien à foutre, mais elle ne le sait pas. Les extrêmes sont si proches qu'ils vont bientôt se toucher.

C'est là où on va ? demande-t-elle.

Niko regarde devant lui, bouge à peine ses lèvres pour dire :

C'est vaste, Alexandra. Ça regarde la mer et la mort.

Elle pose sa nuque sur l'appuie-tête. Sur le goulot, la salive de Niko s'est mélangée à la sienne. Elle sait qu'il va le dire. Sans orgueil ni prétention. Parce que c'est son métier, une simple manipulation des corps, ce que nous sommes avant tout. Après, ce sera le début d'autre chose.

Je vais vous montrer les champs où poussent les orgasmes, Alexandra Azarov.

6

C'est la dernière nuit de l'amour. Demain, la Terre quittera son orbite mais rien ne changera vraiment dans l'équilibre de l'univers. Pour le Révérend, « demain » est un futur lointain, en attendant il y a contrition. Accepter les péchés, arranger les choses, embrasser le pardon. Parce que sans l'acte du péché, il n'y arriverait pas, il n'arriverait jamais à tenir demain dans la boîte avec ses frères de repentir. Son gland qu'il a mis dans cette bouche salée n'est pas du vice, Dieu le sait. La bouche salée est un pilier de miséricorde, un muscle pour soulever la peur et l'écarter. Il s'agenouille et prie, un espace restreint où Dieu lui accorde le temps éternel.

C'est la dernière nuit de l'amour. Alors, elle s'est dépêchée d'interroger l'Outsider, l'enregistrement a été rapide, il n'avait pas grand-chose à dire. Consciencieuse, elle a gardé le confort du Turc pour la fin. C'était drôle de sentir son sexe écarter sa bouche sans jamais atteindre le fond de sa gorge. C'était doux comme les poils qu'elle coiffe maintenant qu'il s'est endormi. Elle aura goûté les meilleurs et les meilleurs ne lui ont rien dit qui puisse réellement intéresser le public. Elle brodera de l'anecdote et gardera l'essentiel pour elle. L'essentiel étant la nuance, l'odeur et le cri. Elle sait qu'on ne l'aime pas, qu'on la déprécie en l'appelant la Journaliste, comme si elle ne s'appelait pas, comme si on ne l'avait pas nommée à sa naissance. On la croit égoïste, c'est son malheur. Comme si elle faisait mal son boulot alors qu'il n'y a que cette façon-là pour elle de le faire, terminant de brosser le dos du Turc avec une belle raie le long de la colonne vertébrale.

C'est la dernière nuit de l'amour. Loviisa et Tanjia ont répété les gestes habituels sans réussir à combler le vide. Ce creux derrière l'estomac pourrait être l'infini. Elles se sont accrochées l'une à l'autre dans leur sommeil, le corps épuisé. La peur du vide en fera des chiennes à l'écran. Mais si on regarde bien, si on est cinéphile, on verra l'éclat du regard lors du gros plan sur leur visage. Un cristal aussi limpide que l'effroi.

C'est la dernière nuit de l'amour. Il n'aurait jamais pensé la passer en compagnie d'une seringue. Igor n'imaginait rien de spécial pour sa fin, même pas une main qui tiendrait la sienne, même pas une présence. Il s'est effondré avec l'aiguille enfoncée dans l'aine, sur le dos et les bras en croix, comme un junkie qui croirait en Jésus-Christ. Quand il a forcé la dose, il a juste espéré qu'il se réveillerait demain. Parce que là où il va, personne ne pourra le suivre, et il se trompe.

C'est la dernière nuit de l'amour. Pour son chant du cygne, Niko a choisi une falaise, de l'herbe grasse et une femme frigide. Alexandra est à quatre pattes, Niko la prend comme le dieu Thor et il hurle à la lune. Submergée, Alexandra n'est pas en mesure d'élaborer cette pensée à ce moment précis, mais elle aura l'occasion d'y songer lors de son retour en avion : il y a deux façons d'atteindre l'orgasme, soit par l'amour, soit en baisant avec un pro.

Alexandra rit, elle le sent remonter depuis ses orteils, un flux, et bientôt elle saura.

La dernière nuit de l'amour.

Maintenant que tout le monde a fait ses adieux, on verra celui qui reste.

Finale

Concurrents restants : 5

1

Ils sont réunis dans le bassin d'eau froide, à l'extérieur du chapiteau, plus ou moins au calme, plus ou moins à l'abri des regards – on entend la clameur des mille cinq cents spectateurs tandis que se dispute la finale féminine. Des petits malins ont réussi à s'introduire dans l'intimité des héros, aussitôt évacués par le service de sécurité.

Ce passage obligatoire dans le bassin est la plaie des finalistes, le moment où l'on est obligé de regarder ses adversaires, où l'on sent le contact de leur genou contre le vôtre. Lors des tours précédents, c'était supportable, on était encore nombreux, les corps faisaient masse, on baignait dans l'indifférence. Maintenant, c'est différent, on connaît ses adversaires. Perdre maintenant n'est plus une défaite, mais un échec.

L'eau s'agite, des vaguelettes glacées frottent la poitrine et mouillent le cœur. Le Révérend se redresse et prend la parole, ruisselant :

Par Votre Nom, Seigneur, Vous me pardonnerez mon péché, car il est grand.

Ta gueule, fait l'Outsider.

Le Révérend lève ses bras, tourne les paumes vers le ciel :

Car Vous êtes, Seigneur, bon et doux, et plein de miséricorde pour tous ceux qui Vous invoquent.

Ferme-la, bordel.

Laisse-le, intervient Niko. Laisse-le dire, qu'est-ce que t'en as à foutre ?

Le Turc grogne.

Et alors ? dit Igor. C'est pareil, quoi qu'on dise, c'est pareil.

Mes frères, levons-nous et unissons nos mains, qui que vous soyez, quelles que soient vos convictions.

On n'est plus à une connerie près, fait Niko en se levant et prenant la main du Turc.

Tu faiblis, Niko, dit l'Outsider. T'as besoin de Dieu.

Toi aussi, donne-lui ta main, trouduc.

Ils se lèvent, tous, l'eau leur arrive à mi-cuisse.

Ô mes frères, nous avons de la chance car la miséricorde est dans nos cœurs. Prions, oui, prions : Vous m'avez revêtu de peau et de chairs. Vous m'avez affermi d'os et de nerfs. Vous m'avez donné la vie et comblé de bienfaits. Et c'est Votre providence qui a gardé mon âme…

La clameur devient assourdissante. C'est la fin. Une femme émerge de la boîte : le haut-parleur annonce le nom de la championne du monde : Leila Kulin à 3'52''.

Déjà l'Outsider et le Turc se lèvent et sortent de l'eau, n'écoutent plus :

… maintenant ces trois choses demeurent : la foi, l'espérance et la charité, mais la plus grande est la charité…

Chaque concurrent prend la serviette qu'on lui tend, se sèche soigneusement.

Igor a fermé les écoutilles

Niko endosse son peignoir.

Le Révérend, seul, debout dans le bassin, termine :

… que toutes Vos œuvres soient faites avec amour, amen.

Les choses sérieuses commencent.

Le riff.

Le riff d'Angus Young.

La musique excite.

Mord.

Thunderstruck.

Les baffles tremblent.

La clameur répète : Foudroyé, foudroyé, foudroyé.

Alors, ils arrivent sur scène.

*

Mais d'abord, ils traversent le couloir bâché menant au chapiteau. La chaleur les surprend. La chaleur humide des hommes qui hurlent, la chaleur de plastique, d'haleines et de transpiration. Dimanche après-midi, 16 heures. Demain lundi, la routine reprend, le boulot, les enfants, tout ce qui devrait rendre heureux parce que le travail rend libre, parce que les enfants sont amour. Les concurrents sont repliés sur eux-mêmes, sur la défensive. Ils apparaissent soudain fragiles, mais personne ne s'en aperçoit, sauf Niko et Igor ; pour eux c'est différent, pour eux, c'est la dernière chance d'un monde qui s'écroule.

Sur l'estrade, imprégnées dans le bois, ils suivent les traces de pieds des femmes qui les ont précédés.

Le maquillage du speaker dégouline, il postillonne dans son micro, ça s'épuise, des bimbos à moitié nues accompagnent les concurrents bras dessus bras dessous. Elles ont des numéros sur leurs strings, des pastilles accrochées au-dessus de leur cuisse qui permettront au public de voter pour l'élection de Miss Sueur.

Niko constate que la Journaliste n'est pas là, remplacée par d'autres plus voraces et plus méchantes. Il la comprend, elle sait déjà sur eux l'essentiel. Elle consignera le tout par écrit, dans ses mémoires, la longue liste des hommes qu'elle aura parcourus avec sa bouche. Les flashs les aveuglent, la boîte éclairée de l'intérieur les attend.

À l'extérieur, un vent chaud et mortel s'est levé. Le ciel se couvre, mais il ne pleut pas. Le monde est sec.

Chaud et sec.

Cent dix degrés Celsius.

Foudroyé.

*

La version longue de *Thunderstruck* : 9'52''.

On en est à moins de deux minutes trente avant le top. Le deejay fait durer l'intro sur le riff, le public scande *thunder*.

Dans moins de sept minutes, on saura.

Niko attache ses cheveux, ôte son peignoir, suit les adversaires qui le précèdent. Les paris sont ouverts. Lui et Igor sont les seuls à ne pas afficher ces publicités ridicules sur leur maillot de bain. Le Russe, derrière lui, dit :

C'est l'heure.

Comme tu dis, Popeye.

Mais il ne le dit pas, il le pense. Sans pouvoir se l'expliquer, il cherche pour la première fois Loviisa dans la foule du premier rang. En vain, les spots l'aveuglent, des points blancs dansent devant ses yeux, il est obligé de s'arrêter et de fermer les yeux, le Russe le bouscule involontairement, le public rit.

Niko se retourne, lève ses bras et leur adresse un double doigt d'honneur.

Laisse, Niko. Laisse-les.

C'est la dernière, pense Niko. Après celle-ci, j'arrête.

La fournaise les accueille.

Les cinq hommes se mettent aussitôt en place.

La voix de Brian Johnson attaque le premier couplet.

L'histoire de ce type sur les rails, toujours lui, surpris par les filles et l'éclat de la lumière, surpris par la fougue et la rage et la vitesse, ces coups de pied dans le néant qui vous font croire que vous êtes immortel.

Foudroyé, foudroyé, foudroyé.

La porte se referme.

Chasseur de temps.

Top départ.

*

Ils sont assis le dos droit, les bras croisés en appui sur leurs cuisses. La chaleur appelle le recroquevillement autant que le froid.

Le Turc est le premier à entrer en ébullition. L'eau coule et glisse sur ses poils lustrés. Des gouttes de sueur pleurent sur le sol de bois clair.

Le Révérend, paupières baissées, psalmodie dans un murmure. Ses genoux écorchés sont deux plaies suintantes, la peau fond, rose et molle, tandis que du sang se met à couler le long de ses tibias.

Igor lutte pour rester conscient, il écarte davantage ses jambes pour avoir un meilleur appui. Tomber maintenant de la banquette signifierait une vie vouée à l'inutile. Il faut commencer par les pieds pour stabiliser la tête. Règle numéro 5, la dernière : mourir debout.

Niko lève son visage et dit :

On brûle en enfer, Révérend ?

Numéro 102, premier avertissement, fait la voix dans le haut-parleur.

Niko dresse son majeur, reprend sa position. C'est le moment que choisit l'Outsider pour se lever et se diriger vers la porte. Le Turc bondit à son tour, en profite pour le suivre, l'honneur est sauf.

L'Outsider revient subitement à sa place. Le Turc glisse, se retient in extremis à la paroi qui tremble. Le Révérend ouvre les yeux et sourit. Igor regarde ailleurs, tandis que Niko suit attentivement la scène.

Le Turc craque et sort.

Numéro 47, premier avertissement, fait la voix à l'intention de l'Outsider.

Niko ricane, il a apprécié la manœuvre. Il remarque aussi que l'Outsider a six orteils à chaque pied, et dit :

Finalement, t'es pas si con. Tu vas peut-être t'en sortir, boy.

Numéro 102, deuxième et dernier avertissement.

Igor le regarde, effaré. Ses yeux le supplient : Arrête, Niko, arrête.

Ouais, pense Niko : celui qui perd n'a plus rien.

Maintenant, c'est toi qui choisis, Niko. Jusqu'au bout ou tu sors ?

Niko passe une main sur son visage de cire, coulée de sueur et de morve. Et Niko de répondre, un sourire en lambeaux sur ses lèvres, l'ombre de ce qu'il fut autrefois et qu'il n'est plus :

Hé, Popeye, tu te souviens de quand on était éternels ?

Numéro 102 disqualifié, disqualifié.

*

6'13''.

On a coupé la musique.

Dehors, on hurle de faire quelque chose.

Le public regarde.

Igor et Niko sont tombés au sol, en proie aux convulsions. Igor vomit du sang, Niko saigne du nez et crache des glaires rouges. Leur peau se déchire chaque fois qu'elle racle le sol.

On essaie d'enfoncer la porte, un membre de la sécurité opte pour la solution radicale et brise la vitre avec un extincteur. Passe sa main à l'intérieur et ôte la barre métallique qui tombe au sol dans un bruit mat.

Les secours se précipitent sur les deux hommes, les soulèvent par les aisselles et les traînent à l'extérieur. La peau glisse sous les gants en latex, s'arrachant comme une pelure. Les brûlures laissent apparaître la chair écorchée, l'un des hommes doit tourner la tête pour ne pas vomir.

On les sort, on les allonge sur le bois tiède de l'estrade.

Le public s'est tu.

On les mouille avec des serviettes froides mais c'est pire, l'épiderme se retire par plaques entières.

Igor veut se relever, cherche à voir Niko, mais deux secouristes se sont penchés sur lui et lui répètent de ne pas s'agiter. On entend les sirènes de l'ambulance se frayer un passage jusqu'au chapiteau.

Hé, Ni… ko, Niko…

Restez calme, je vous en prie.

Hé, Niko…

Loviisa est penchée sur Niko qui lève le pouce en guise de OK.

Cham… Champion du monde, Po… Popeye…

Arrête, Nounours, arrête avec ça, je t'en prie, Nounours.

Les larmes de Loviisa coulent sur les cloques de peau en fusion.

On arrose Igor avec le jet d'eau froide. Son corps fume et se consume de l'intérieur. Igor ferme les yeux, cède enfin, on dirige le jet sur Niko.

Les deux ambulanciers sortent le défibrillateur, essuient la poitrine du Russe avant d'actionner les manettes. Le torse d'Igor Azarov se cabre, puis retombe. Se cabre, puis retombe, se cabre, retombe. Quatre, cinq, six, huit fois avant qu'on abandonne et décrète l'arrêt cardiaque.

Alexandra se tient à l'écart. Elle a couru vers l'estrade, et puis au dernier moment le désarroi l'a empêchée d'aller au bout de son geste. Le service de sécurité a fermé le périmètre. Il est trop tard pour les regrets.

Elle ne regarde plus son père, mais Loviisa qui caresse la tête de Niko pendant qu'on l'asperge d'eau froide. L'eau coule sur ses cheveux, mouille son

T-shirt, ses seins retouchés s'épanouissent au-dessus de sa taille fine, sa peau devenue encore plus pâle avec la douleur – et juste avant qu'on isole la scène derrière une bâche de protection, Alexandra se dit qu'elle est belle.

Au bout, il ne reste rien, sinon la beauté.

De l'autre côté des regards, les secouristes concentrent leurs efforts sur le survivant. On enveloppe Niko Tanner dans une couverture thermique après l'avoir refroidi à l'eau, paradoxe des grands brûlés, et on l'emporte sur une civière.

Et c'est tout.

Il y a l'incompréhension des organisateurs, certains pleurent ou se serrent dans les bras les uns les autres.

Il y a le silence hébété du public qui n'est jamais tout à fait prêt à voir ce qu'il souhaite.

Les caméras ont filmé. Avec le temps et la distance, tout sera visible sur le Web.

Près de l'ambulance, Alexandra voit son petit papa, 1 m 59 pour combien de kilos de hargne et d'obstination maintenant qu'il a fondu ?

Les paupières de son père qu'on ferme d'une main professionnelle.

Elle entend le cliquetis de la civière qu'on déplie, il n'y a personne pour la prendre dans ses bras ni la consoler.

Seulement une voix ferme, au milieu de la consternation et de la foule hystérique :

Alexandra Azarov ?

Elle se retourne, elle voit un homme à la mâchoire carrée, aux yeux gris, au crâne chauve, qui dit :

Je suis le docteur Darius.

Le docteur saisit son poignet comme s'il voulait mesurer les battements de son cœur.

Votre père m'a laissé ça pour vous. Il vous remercie d'être venue.

Le docteur s'incline légèrement et disparaît dans la foule après un bref claquement de talons. Derrière Alexandra, on emmène le corps de son père, et quand elle regarde sa main, elle y trouve une médaille.

La médaille du Courage.

Connard.

Envol

Niko Tanner est un petit oiseau fragile.

Assis dans sa chaise roulante, il endosse son peignoir devenu trop grand. Ce n'est plus un talisman, c'est un suaire.

Impotent, les poumons brûlés, la peau du crâne cuivrée et lisse, il laisse Loviisa signer les papiers de sortie tandis que Tanjia ajuste le tuyau relié à son nez et vérifie le débit de la bonbonne à oxygène.

Loviisa les rejoint dans le hall.

Laisse, je vais le pousser, dit-elle à Tanjia en débloquant la pédale du frein.

Niko tourne doucement la tête et lui sourit.

On va s'occuper de toi, mon Nounours. Tu verras, tu seras bien.

Niko sourit. Comme dans son rêve, et c'est bien ainsi.

Tous les trois empruntent la rampe réservée aux invalides. Niko a demandé qu'on lui achète un petit chien en peluche, de ceux qu'on trouve à l'identique dans des corbeilles géantes chez Ikea. Il a bien insisté là-dessus. La peluche est maintenant dans son giron, il la caresse alors qu'ils arrivent à la voiture.

Son neveu a grandi, la peluche Hoppig n'existe plus, mais Niko a toujours pensé qu'il y avait de la sagesse dans cette crédulité d'enfant.

Cette manière de concevoir le monde du point de vue de l'exception.

Note de l'auteur

Cette histoire est une libre adaptation de ce qui s'est passé à Heinola, en Finlande, le 8 août 2010.

J'ai modifié certains aspects du règlement du championnat, imaginé un déroulement différent de la compétition officielle afin de les adapter à cette fiction.

Les personnages sont les miens et ne sont pas les protagonistes du fait divers, je leur ai inventé une vie, un passé. Donc, selon la formule consacrée, toute ressemblance avec des personnes existantes ou ayant vécu serait purement involontaire.

Il reste une chose, toutefois, qui appartient aussi bien au monde réel qu'à celui de la fiction : l'homme a cette capacité d'absolu qui, même dans les événements en apparence les plus ridicules, touche au tragique et, parfois, à la grâce.

Depuis 2010, les Championnats du monde de sauna n'existe plus.

RÈGLEMENT OFFICIEL DES
CHAMPIONNATS DU MONDE DE SAUNA

1 – La température de départ est de 110 degrés Celsius. Un demi-litre d'eau est versé sur le poêle toutes les 30 secondes.
2 – L'absorption d'alcool est interdite avant et pendant la compétition.
3 – Les concurrents doivent se laver au préalable et enlever toute crème ou lotion.
4 – Les concurrents doivent être assis le dos droit, leurs fesses et leurs cuisses touchent le banc.
5 – Les maillots de bain ordinaires peuvent être utilisés. Les modèles pour hommes ne doivent pas excéder 20 centimètres de longueur. Chez les femmes, les bretelles des soutiens-gorge ne doivent pas excéder 5 centimètres de largeur.
6 – Les cheveux dont la longueur atteint les épaules doivent être attachés en queue-de-cheval.
7 – Il est interdit de se toucher la peau ou les cheveux.
8 – Les concurrents ne doivent pas se déranger les uns les autres.
9 – À la demande des juges, les concurrents doivent pouvoir montrer qu'ils sont en possession de leurs moyens en leur adressant un pouce levé.
10 – Pour être qualifiés, les concurrents doivent être en mesure de quitter le sauna sans aucune aide.
11 – Le non-respect d'une de ces règles fait l'objet d'un avertissement. Une seconde infraction entraîne la disqualification.
12 – Le dernier concurrent quittant le sauna est déclaré vainqueur.

Composition et mise en pages
FACOMPO, Lisieux

Imprimé en Espagne par
Liberdúplex
à Sant Llorenç d'Hortons (Barcelone)
en juillet 2018

N° d'impression : 68522
S27975/01